Pierre Larrebourg

Portraits

crachés

Pastiches de gens de lettre et autres plumitifs

~ 2 ~

Portraits crachés

Table:

A

B

C

D

E

F

G

H

K

L

M

O

P

R

T

V

W

Z

~ 7 ~

A

Comme

Allègre (Claude)

Angel Asturias (Miguel)

Angot (Christine)

Aron (Raymond)

Attali (Jacques) et Minc (Alain)

Aymé (Marcel)

Portraits crachés

Claude Alaigre

Dernier ouvrage publié : "Et pourtant elle ne chauffe pas"

Claude Alaigre a oublié d'être doux.

Et c'est ce qui fait son charme.

Il aime aller à contre-courant, ce que sa masse lui permet.

Il avait essayé, en vain, de "taillader le diplodocus" de l'éducation nationale.

Le dit dinosaure l'avait alors balayé d'un revers de queue.$, après un temps de latence.

Le dinosaure, comme le goth, est lent, mais il est puissant.

Claude Alaigre entame avec ce livre un nouveau combat, seul contre tous : prouver que la terre ne se réchauffe pas.

D'où l'allusion à Galilée, luttant seul contre les préjugés de son temps, "et pourtant elle tourne", comme les moulins.

Mais cette fois ce n'est pas Don Quichotte qui fonce sur les moulins.

C'est Sancho Pança.

Et il est assez gros pour les ébranler.

Miguel Demon Enfurgas

Dernier ouvrage publié : la trilogie "le pape jaune ", "hommes de paille" et "le larron qui ne croyait pas au ciel".

Miguel Demon Enfurgas est le grand auteur du Banama.

En fait le seul.

Et à Paris seulement.

Certainement pas à Grocolón, sa ville d'origine.

Pourtant il appartenait à une des quince familias, les quinze familles qui dominent le pays depuis l'indépendance, et à la meilleure société de Miramiflor, le quartier chic de Grocolón.

Il était parfaitement heureux de son sort jusqu'au jour où une nouvelle junte l'a rappelé de son poste d'ambassadeur à l'UNESCO pour faire place à un autre parisianophile d'une des quicne familias mieux representée que la sienne dans la nouvelle junte.

Il est alors passé à une opposition flamboyante au régime.

Il a d'abord revendu son écurie de polo (qu'il n'avait plus les moyens d'entretenir) à perte à un poney club de la banlieue ouest.

Puis il a commencé à signer des pétitions avec son Montblanc.

Enfin il a entamé la rédaction de sa merveilleuse trilogie sur John Crook Garrott dit "el garrotto", l'homme qui introduisit la domination des compagnies bananières gringas au Banama au début du XXème siècle : "le pape jaune ", "hommes de paille" et "le larron qui ne croyait pas au ciel".

En même temps, il squattait le siège du Banama à l'UNESCO, avec le consentement tacite de son remplaçant officiel.

En effet ce dernier avait mieux à faire, place de la Madeleine en début de mois, et place de Clichy en fin de mois.

Portraits crachés

C'était de toute façon un acte symbolique puisque le Banama avait été prive du droit à la parole, faute d'avoir acquitté ses cotisations depuis quinze ans, les militaires ne voyant pas l'utilité de l'organisation.

 A son grand désespoir, Miguel Demon Enfurgas n'a jamais été censuré au Banama. ce qui l'a sans doute privé du prix Nobel (de la paix ou de la littérature, peu importe).

Cette attitude bienveillante des autorités Banaméennes s'explique en partie par le respect porté à sa famille, qui à un moment ou à un autre serait mieux representée dans une junte, en partie par la volonté de ne pas en faire un martyr aux yeux de l'opinion publique internationale mais surtout pour le priver d'une base de lecteurs locaux ,attirés par le goût de l'interdit.

Ajoutons que les constructions complexes, à la fois entremêlées et cycliques, et parfois rétropédalantes de ses récits, directement inspirées des codex sacrés des indiens tépachichmèques, le Tavuh Pohpol et le Chula Maadam mais aussi et surtout du payotl (un champignon hallucinogène banaméen qu'il avait emmené au fond de sa valise diplomatique) qu'il s'injectait "a la belga" le faisait considérer comme un plaisantin et un doux dingue.

Donc indigne de l'attention de militaires peu ouverts à la littérature moderne et du professeur Schtroumphelmayer (le directeur de l'Instituto de Seguridad Nacional en charge, entre autres, de la censure, et éminence grise des juntes successives), épris, lui, de clarté goethéenne.

Charline Tangot

Dernier ouvrage publié : "Papa bravo"

Charline Tangot est unanimement saluée comme une des nouvelles voix de la littérature française.

 Enfin si l'on peut appeler une voix quelque chose qui tient plus du cri primal haché et d'un délire verbal célinien, l'attrait de l'argot en moins.

La critique salue aussi sa richesse thématique :

Deux sujets seulement, mais explorés à fond, fouaillés presque :

Elle et son sexe.

On est donc dans la scie.

Circulaire.

De celle qui coupe les poutres.

A ras.

Portraits crachés

Raymond Hargnon

Dernier ouvrage publié : "J'aime mieux avoir tort comme Pinochet que raison comme Helmut schmidt: Essai sur le despotisme occidental "

On connait le concept de "despotisme oriental" de Montesquieu. C'est d'ailleurs, soyons honnêtes, à peu près tout ce qu'on connaît encore de lui, ,avec la loi des climats et le titre des « Lettres persanes ».

Raymond Hargnon lui donne aujourd'hui un complément, le despotisme occidental.

 Le despotisme occidental est selon lui l'enfant bâtard de l'Etat providence et de la social-démocratie. Friedrich Hayek (qui rappelons-le a fini ses jours avec une retraite de professeur d'université publique allemande après que le fonds de pension de son université américaine privée ait fait faillite), a enfin trouvé du renfort.

 Et quel !

Raymond Hargnon a assisté de son vivant à la défaite de ses adversaires marxistes et, chose curieuse, cette perspective l'a terriblement déprimé.

On n'existe que parce que l'on s'oppose.

Ses joutes verbales avec une intelligentsia entièrement acquise au marxisme stalinien dans les années cinquante ou à ses variantes freudo-marxiste et maoïste dans les années soixante et soixante-dix, avaient donné un sens à sa vie, lui avait fourni l'occasion de s'échauffer, lui, le patricien froid que rien, jamais, ne déridait.

Mais cette victoire par effondrement l'effondrait aussi, il se trouvait seul sur le ring, vieux boxeur triomphant mais sans plus personne pour l'applaudir ou mieux encore le huer.

La vieille tortue avait beau sortir son long cou décharné de sa carapace et faire claquer son bec aiguisé, il n'y avait plus de salade rouge, de trévise, de chicorée, de lollo rossa ou de raddiccio à déchirer.

Au soir de sa vie donc, il a été profondément déçu de ce que les socialo-communistes en 1981 n'aient pas fait un seul mort comme il l'espérait.

 Pas même les passagers d'une Rolls déséquilibrée par une cargaison mal arrimée de lingots dans les routes en lacets du côté du jura qui mènent à la Suisse.

Portraits crachés

Raymond Hargnon s'est donc cherché de nouveaux ennemis là où il a pu en trouver, c'est-à-dire, non plus à l'extrême-gauche, mais bien plus près du centre.

D'où ce tonitruant texte "je préfère avoir tort comme Pinochet que raison comme Helmut Schmidt.

Convoquant les mânes de ses maitres Montesquieu, Schumpeter et Hayek, il prend parti pour ce qu'il estime être un héros de la liberté incompris et contre une bonhommie réformiste, génératrice, à terme, selon lui, de servitude.

Ce texte, auquel il mettait la dernière main à la veille de sa mort, est resté inédit. On se demande pourquoi, les P.U.F ayant, en matière politique, publié moult autres guignolades, parfois bien pires.

Mais c'était dans les années soixante où en matière de politique comme de sexe tout semblait permis et où l'on pouvait impunément se proclamer maoïste tout en ayant un appartement dans le Vème arrondissement, puisque rien ne prêtait vraiment à conséquence.

Mais qu'importe, le pilon et le temps, ces grands effaceurs, ont eu raison des professions de foi en la révolution culturelle et le programme de l'UMP a remplacé le petit livre rouge dans les mêmes appartements du cinquième.

On pourrait classer l'incident, n'eut été, entre autres, la lecture un peu littérale de cette prose faite par une poignée d'exilés cambodgiens dans les années soixante-dix qui allaient bientôt "libérer" leur pays et mettre en oeuvre *in concreto* toutes ces idées.

A l'opposé, on peut s'interroger sur l'accueil qu'aurait fait à Raymond Hargnon son héros, le général Pinochet.

Ce dernier, en bon militaire, n'aurait sans doute pas aimé qu'on lui expliquât avec de longues phrases bourrées de mots de plus de trois syllabes à quel point il avait raison.

Cela, il le savait déjà, d'instinct, avec son cerveau reptilien, celui qui suffit pour marcher au pas.

Pas besoin d'intellectualiser une évidence.

D'ailleurs les intellectuels il y a des stades pour ça.

Et puis il n'aurait sans doute pas apprécié toutes ces citations d'intellectuels aux noms germaniques les Miese, Schumpeter, Hayek et Friedman de ce monde.

Le général avait bien sûr de l'estime pour les penseurs germaniques mais instinctivement il se sentait plus proche de la Prusse ou de la Bavière que de l'Autriche.

On est Wagner ou on est Mozart. Lui était plutôt Wagner.

Et sa génération perdue à lui était celle exilée après-guerre au Chili et dans les pays voisins, celle d'après Thomas Mann et Stefan Zweig et qui ne dédaignait pas de manier le lance flammes en plus de la plume.

Non, gageons que Raymond Hargnon aurait très vite irrité celui dont il se voulait le thuriféraire et qu'il aurait eu tôt fait de goûter à l'accueil, un peu électrique, de la DINA.

 Voire à la beauté un peu sèche des couchers de soleil dans le désert d'Atacama ou à celle, glaciale, des flots de l'océan pacifique version Terre de feu et vus d'hélicoptère.

Mais Raymond Hargnon est mort dans son lit, sans avoir fait le voyage de Santiago.

Quel dommage.

Jacques Hallali et Alain Trinc

Derniers ouvrages publié : "Le grand écart : tous à la rue dans 5 ans" (Jacques Halllali) et "Vive l'ouverture: éloge des vents du large" (alain Trinc)

C'est bien de géants qu'il faut parler, bien que ni Jacques Hallali ni Alain Trinc, ne dépassent un mètre soixante cinq.

Mais chacun sait, depuis la dissection du cerveau d'Anatole France (1400 centimètres cube contre une moyenne de 1850 chez l'homo sapiens) qu'en matière d'esprit, ce n'est pas la taille qui compte, mais la manière de s'en servir.

S'en servir, ils le font abondamment puisque chacun gratifie, depuis trente ans, ses lecteurs d'un ouvrage annuel, sur les thèmes les plus divers.

A priori, rien ne sépare Alain Trinc de Jacques Hallali.

Ils sont tous deux de la même génération, celle qui est passée sans sourciller de Mao aux IPO, tous deux issus de l'ENA (inspecteur des finances pour l'un, conseiller d'état pour l'autre, il est vrai, ne mélangeons pas les napperons et les serviettes).

Tous deux auteurs de rapports qui firent date.

Pour Alain Trinc sur "l'informatisation de la société". Rappelons que l'automatisation des ouvertures en a été, historiquement, l'une des premières applications grand public. Déjà, prémonitoirement, Alain Trinc se positionnait, à l'orée de sa carrière, en expert des portes ouvertes.

Pour Jacques Hallali un rapport sur la "libération de la croissance" qui, prisonnière depuis si longtemps, n'en demandait pas tant, suscitant au passage cet OVNI qu'a été une grève des taxis sous un gouvernement de droite musclée alors que cette corporation (c'est le mot) n'est pas connue pour son progressisme invétéré.

Tous deux conseiller du prince (avec les résultats que l'on a vus).

Tous deux d'abord marqués à gauche, puis démarqués, voire dégriffés, à droite.

Tous deux géo-stratèges, historiens, économistes, philosophes, biographes, apologistes, moralistes, j'en passe et des meilleurs.

Tous deux experts en plateaux télés, comme d'autres le sont en plateaux repas.

Tous deux ayant fondé un cabinet de conseil en stratégie.

Portraits crachés

Tous deux a la tête d'un petit atelier de polygraphie, un petit métier de l'imprimerie, qui est une spécificité bien française.

Tous deux jusqu'ici injustement ignorés par le jury du prix Nobel. On se demande pourquoi les jurés sont aussi aveugles. Sans doute est-ce parce que tous deux peuvent prétendre à de trop nombreux prix et parce qu'ils n'ont pas été traduits en suédois.

Quelle perte pour ces malheureux nordiques !

Non rien ne le sépare, pas même les titres de leurs derniers ouvrages annuels respectifs, qui apparaissent en quelque sorte complémentaires "le grand écart" d'un côté, "vive l'ouverture " de l'autre.

Pourtant les thèses défendues par ces deux ouvrages sont à l'opposé.

Comment expliquer cette incompréhensible dissonance ?

Comment deux esprits aussi radicalement omniscients ont-ils pu parvenir à des résultats antithétiques ?

Ce n'est certainement pas l'étendue et la profondeur des recherches préalables auxquelles ils se sont tous deux livrées qui sont en cause, car ils ont en la matière des pratiques similaires.

Ce n'est pas non plus leur compréhension des mécanismes sous-jacents qui est en cause : elle est identique de part et d'autre, tous les spécialistes des nombreux sujets qu'ils ont traités (Il s'agit de spécialistes différents à chaque fois) vous le diront…

Alors, comme disait le poète, feignons d'organiser ces mystères qui nous dépassent et laissons tour à tour parler nos deux oracles.

Après tout, la pythie émettait des cris inarticulés et les chênes du temple de Zeus à Dodone se contentaient de bruisser.

Eux pontifient, maximalement.

C'est un progrès.

Jacques Hallali

Le parcours de Jacques Hallali prouve à lui seul que le digicode n'est pas une fatalité et que les concierges ont de l'avenir, à condition de monter en gamme.

C'est déjà le cas dans les palaces, où les concierges bénéficient désormais des conseils des meilleurs cabinets de lawyers américains, pour ne pas tomber pour proxénétisme, dans leur hâte de satisfaire un client saoudien ou russe, à la bourse trop bien garnie.

Son locataire principal se débrouillant fort bien par lui-même de ce coté-là, il n'a pas eu ces soucis.

A partir de sa loge aux boiseries dix-huitième, il introduisait et raccompagnait les visiteurs illustres et moins illustres et essayait au passage de leur arracher quelque parole historique ("ça va chier " Margaret Thatcher avant le sommet européen de Fontainebleau sur la compensation budgétaire britannique) ou non ("le vond de l'air est vrais " Helmuth Kohl, hiver 88), pour nourrir son prochain opus ("tout le toutim" - 4 tomes de tout de même, qui sont à l'anesthésie douce, ce que l'annuaire est à l'interrogatoire musclé).

Chez les pharaons, dans l'empire chinois ou chez les ottomans de telles fonctions se seraient accompagnées d'un titre ronflant comme "grand gardien de la momie sacrée", "très honorable introducteur des chiens d'étrangers et des vermisseaux ignobles de sujets qui ont osé demander audience au fils du ciel, lumière du monde", "grand mamamouchi gardien et défenseur de la sublime porte".

Mais la France étant une République, il a dû se contenter de celui de "conseiller spécial".

Ses collègues de l'Elysée l'appelaient simplement "la dame pipi" puisqu'il gardait les abords du trône et en contrôlait physiquement les accès.

C'est cette fréquentation des grands, cette habitude de l'altitude (quoiqu'il arrivait à peine à la hauteur des tétons de madame Thatcher) qui lui permet aujourd'hui d'embrasser, d'un regard panoramique, l'histoire du monde et la géopolitique et l'économie de la planète.

Alain Trinc

D'aucuns ironiseront qu'Alain Trinc est bien placé pour faire l'éloge du vent puisqu'il en vit, puisqu'il en vend, en tant que consultant.

C'est un peu facile et un peu injuste.

Car c'est véritablement un exploit que de vendre des conseils, des paroles, des choses qui volent et qui s'envolent et qui n'ont pas d'existence matérielle.

Et de les vendre cher qui plus est.

Alain Trinc fait ses premières armes comme directeur financier chez Saint Pourçain, entreprise centenaire, spécialiste des canalisations et du verre.

Il y fait son apprentissage des techniques de l'entubage à l'échelle industrielle et du CAC 40.

Il rejoint ensuite la holding de tète de l'homme d'affaires italien Carlo Maledetto, la Compagnie Réunie des Agaveries du Sahara et et du Hoggar (C.R.A.S.H) une ancienne société coloniale, à partir de laquelle il se lance dans un style d'opération tout droit venue des Etats Unis et encore inédite en France, l'OPA hostile.

Sa cible, la Générale du Luxembourg, soutenue par les investisseurs institutionnels, outragés par ces nouvelles méthodes, lui résiste.

Il convient lui-même, rétrospectivement, n'avoir pas toujours bien manœuvré dans cette affaire.

Paradoxalement un raider doit savoir faire preuve de souplesse.

C'est à ce prix, s'il est très doué, qu'il pourra se permettre quelques allers-retours, comme l'a fait Kirk Kerkorian avec la MGM.

Il part voler alors de ses propres ailes et crée Alain Trinc Conseils HOlistques et Universels de Management (A.T.C.HO.U.M.), firme de consulting et de placements financiers, qu'il préside toujours depuis.

Entretemps, il multiplie sa présence dans des conseils d'administration prestigieux, lieux clos, théâtre parfois de vigoureux corps à corps, donnant ainsi un nouveau sens à l'expression argotique "se payer un jeton", de présence dans son cas.

Il sera aussi, pendant près de dix ans président du directoire d'un grand quotidien de référence.

Sa tentative de faire racheter ledit quotidien par un opérateur semi-public de télécom a effrayé les journalistes, compte tenu de l'énergie bien connue de la DRH dudit opérateur.

 Sa tentative de relancer le supplément hebdomadaire avec une équipe qui avait fait ses preuves vingt ans plus tôt ailleurs, Jean d'Oraison, Louis Gaubbels etc, a marqué la fin de sa collaboration avec le journal, d'ailleurs au bord de la faillite.

Marcel Malaymé

Dernier ouvrage publié : « Les contes de la chatte piercée »

Malgré un regain de popularité tardif,dû a la belle chanson de Claude François (« car je suis Malaymé, je suis le Malaymé, tous les gens me connaissent, etc »), Marcel Malaymé reste encore aujourd'hui un auteur un peu maudit, souffrant d'un purgatoire injustifié.

Il est vrai que sa thématique favorite, la lâcheté humaine en général, en France sous l'occupation et l'épuration en particulier, lui a fait beaucoup d'ennemis.

 Son goût prononce pour la gauloiserie rabelaisienne n'a rien arrangé au fil du temps.

Pourtant des oeuvres comme « Urinus », « Bittembard », « Le poney raide », « Le passe-latex » méritent d'être relues, tant elles sont roboratives en cette période de politiquement correct.

C'est aussi et surtout le cas avec les "Contes de la chatte piercée" une oeuvre tardive, qui n'avait pas trouvé d'éditeurs.

Bien à tort.

Marcel Malaymé était bien de son temps : moribond il suivait avec intérêt les développements du mouvement punk avec lequel il se sentait de profondes affinités comme en témoigne ce livre.

On croit entendre les groupes punk français de l'époque !

Souvenez-vous !

 12 degrés 5 « en théorie oui j'ai tout compris, mais dans le vécu oui je l'ai dans l'… "

Et plus encore Edith Nylon "Perruque en nylon, uterus en téflon, Edith Nylon, Edith Nylon…".

Sacré Marcel.

B

Comme

Barthes (Roland)
Baverez (Nicolas)
Binet (Laurent)
Bogdanoff (Igor et Grishka)
Booba
Bourret (Jean-Claude)
Boyd (William)

Portraits crachés

Roland Farthes

Dernier ouvrage publié (posthume): «L'empire du non-sens (version intégrale, bilingue franco-japonaise, restaurée)»

C'est aujourd'hui un pont aux ânes que d'identifier dans l'œuvre de Roland Farthes trois phases : le quasi intelligible, le semi–intelligible et le non intelligible.

Les critiques ont même raffiné cette typologie en y voyant, dans un premier temps, un continuum tendant vers l'inintelligibilité, puis, en soulignant les discontinuités de ce processus d'inintelligibilité croissante, les retours en arrière honteux, les brèves lueurs de sens.

« Mycologies » est typique de la première phase, quasi-intelligible.

Certes il serait imprudent de l'emporter en balade en forêt et de s'y fier pour faire le tri entre comestibles et vénéneux.

Certes certaines entrées surprennent comme la recette des moules aux champignons ou l'éloge de la vesse de loup, ce champignon qui, à peine effleuré, explose dans avec un bruit de pet foireux, ne laissant autour de lui que poussière.

Mais la lecture en est distrayante, la volve, le pied, les spores et le chapeau sont bien distincts.

On sait encore, à peu près, de quoi l'on parle.

« Fragments du dépit amoureux » lui, est emblématique de la dernière phase, celle de l'inintelligibilité complète.

Nul besoin d'épiloguer ici : Burnier et Rambaud l'ont fait admirablement dans leur « Roland Farthes sans peine ».

Ce qui manquait à la critique farthésienne, c'est la compréhension du basculement entre le semi-intelligible et de l'inintelligible.

La coupure farthésienne en somme, comme Althusser avait identifié une coupure chez Marx entre les oeuvres marxiennes, c'est à dire du Marx d'avant le vrai Marx, et les oeuvres marxistes, celle du vrai Marx, le définitif.

C'est aux travaux du professeur Laurent Bidet que nous devons la résolution de cette énigme.

Portraits crachés

En préparant son admirable ouvrage « La huitième fonction du tangage » le professeur Bidet est tombé sur une correspondance inédite de Roland Farthes avec son traducteur Japonais, le professeur Sato, à propos de la publication de « L'empire du non-sens », l'ouvrage de Roland Farthes de 1970 consacré au Japon.

Les trois reproches du docteur Sato

Dr Sato
E-P Jacobs street
Mortimer upon Thames

Cher Roland,

Malgré tout le respect que je vous dois, et qui est naturellement immense, je ne vous cacherai pas que la traduction en japonais de votre « Empire du non-sens » me donne bien du fil à retordre et que j'ai été bien léger d'accepter cette tâche.

J'ai choisi d'étudier le français, plutôt que l'allemand ou l'anglais, pour sa clarté classique (Boileau « Ce qui se conçoit bien s'énonce clairement et les mots pour le dire viennent aisément » ou Pascal «Le silence éternel de ces espaces infinis m'effraie », j'en passe et des meilleurs).

Votre prose est donc pour moi un défi en soi.

Mais après tout, le maniérisme est la maladie sénile du classicisme et l'ornementation passe pour de l'art en Chine, la mère des civilisations asiatiques.

J'approuve bien entendu votre concept de «non-sens», c'est à dire votre approche délibérée de ne pas chercher à comprendre mon pays et mes compatriotes.

Nous sommes, en effet, et comme vous avez pu vous en rendre compte vous-même, impénétrables.

Quoique.

Vous me pardonnez la pédanterie de citer Shylock dans le marchand de Venise :

« Un juif n'a-t-il pas des yeux ? Un juif n'a-t-il pas, comme un chrétien, des mains, des organes, des dimensions, des sens, des affections, des passions ?

N'est- il pas nourri de la même nourriture, blessé par les mêmes armes,

Sujet aux mêmes maladies, guéri par les mêmes remèdes,

Réchauffé et glacé par le même été et le même hiver ?

Si vous nous piquez, ne saignons- nous pas ?

Si vous nous chatouillez, ne rions-nous pas ?

Si vous nous empoisonnez, ne mourons-nous pas ?

Et si vous nous faites du mal, ne nous vengerons-nous pas ?

Si nous sommes semblables à vous en tout le reste, nous vous ressemblerons aussi en cela».

Mais passons.

Nous ne faisons pas ici de philosophie, mais de l'édition, donc du business et, là, cher ami, sans vouloir vous égratigner, je trouve vos correspondances bien plus limpides que votre prose.

 Notamment quand il est question de chiffres.

J'ai trois sujets à l'ordre du jour, trois textes qui posent problème.

Le premier est « la paupière » que je ne peux pas publier en l'état pour des raisons que je vous exposerai plus longuement.

Le second est votre texte « L'empire du trône« qui, certes, fait l'éloge de la technologie de pointe japonaise, appliquée aux sanitaires, mais risque, à la fois, de me faire poursuivre pour délit de lèse-majesté et de devoir subir un hara-kiri par un nationaliste agité comme ce jeune Mishima dont les critiques gargarisent.

Le troisième est votre texte « L'empire des singes », consacré aux macaques de Kushyu mais dont l'évocation de l'oeil rond et rouge du macaque, suscite les mêmes problèmes que le premier texte.

« La paupière » tout d'abord.

De l'incompréhension délibérée et voulue, du « non-sens » donc pour reprendre votre terminologie, au contresens. Il n'y a qu'un pas.

Portraits crachés

Et vous l'avez allègrement franchi.

je ne puis en effet traduire, et publier tel quel, votre texte « La paupière ».

Vous ignorez sans doute qu'en argot chinois l'anus se dit « chrysanthème » 菊花 ou « oeil du pet« soit les caractères :宠物的眼睛.

 La magie des idéogrammes fait que, pour tout japonais cultivé, ces caractères ont exactement le même sens.

Relisez maintenant votre texte en tenant compte de cet élément

»l'œil est ainsi contenu entre les parallèles de ses bords et la double courbe (inversée) de ses extrêmités : on dirait l'empreinte découpée d'une feuille, la trace couchée d'une large virgule peinte. L'œil est plat (c'est là son miracle) ni exorbité, ni renfoncé, sans bourrelets, sans poche, et, si l'on peut dire sans peau, il est la fente lisse d'une surface lisse. La prunelle, intense, fragile, mobile, intelligente (car cet œil barré. Interrompu par le bord supérieur de la fente, semble receler de la sorte une pensivité retenue, un supplément d'intelligence mis en réserve, non point *derrière* le regard mais *au dessus*). Etc »

S'il y a là une certaine ressemblance avec un sonnet de Verlaine, je crains fort qu'elle ne soit involontaire.

Vous voudrez donc bien, par retour du courrier, m'autoriser à supprimer ce texte de la traduction japonaise de l'ouvrage. J

e peux également, moyennant commission, trouver un éditeur spécialisé pour ce texte et suis à votre disposition pour m'entremettre- c'est le mot- à cet effet

en second lieu… »

La suite de la lettre du professeur Sato est perdue, de même que la réponse de Roland Farthes.

Mais le fait est que le texte « La paupière » ne figure pas dans l'édition japonaise *princeps* de « L'empire du non-sens ».

L'autre découverte essentielle du professeur Bidet est une liasse de modes d'emploi d'automobiles, d'appareils electro-ménagers et audiovisuels, traduits tant bien mal du Japonais.

En voici trois exemples :

Portraits crachés

« CETTE VOITURE EST DANS LA FORME SUPERBE TOUTE PARTOUT, L'EXTÈREIOR BLANC SE TIENT DEHORS DU REPOS AVEC WINDOWS TEINTÉ PAR OBSCURITÉ TOUT AUTOUR ET L'EXÉCUTION GENTILLE 17 " DES ROUES D'OR DE BBS ET DES FREINS DE BREMBO, CETTE VOITURE EST NON SEULEMENT UN GANT DE BASEBALL D'OEIL MAIS ELLE EXÉCUTE AUSSI BIEN. CETTE BÊTE FAIT LE 0-60 DANS LE CLIGNOTEMENT D'UN OEIL (MOINS DE 5 SEC) ET DES POIGNÉES COMME IL EST SUR DES RAILS AVEC SA TOUTE LA COMMANDE DE ROUE ÉTABLIE ! LE MOTEUR DE 2.5 LITRES PRODUIT UNE HP 300 BATTANTE À PLAT DE COUTURE À 6.000 T/MN ET À 300 POUND-FEET DE COUPLE ! CETTE VOITURE DE RASSEMBLEMENT EST PLACÉE À LA COMBUSTION NUCLÉAIRE LES RUES N'IMPORTE OÙ ELLE EST ! ELLE COMPORTE EN OUTRE BEAUCOUP D'AUTRES OPTIONS COMME la PUISSANCE WINDOWS, les SERRURES de PUISSANCE, la PUISSANCE SUNROOF, les PHARES de XÉNON, le COMMUTATEUR de l'USINE 6CD ET BEAUCOUP BEAUCOUP de PLUS !

Ou encore :

En japonais	Traduction / utilité
流す	chasse d'eau
小	petite chasse (plus économique)
大	grosse commission
おしり	petit jet à l'arrière (mixte)
ビデ	petit jet à l'avant (dames)
水勢 ou 洗浄強さ	puissance du jet
強	plus fort
弱	moins fort
洗浄位置	position du jet
前	vers l'avant
後	vers l'arrière
乾燥温度	température du jet
高	plus chaud
低	plus frais
音姫	diffuse un son pour masquer les vôtres
音量	volume
乾燥	séchoir
脱臭	désodorisant
暖房便座	siège chauffant
マッサージ	massage
止 ou 停止	stop !

Ou encore :

Portraits crachés

« La machine se lave séparément dans l'eau froide. L'usage détergent doux. Ne pas blanchir ou sécher propre. Rincer à fond dans l'eau froide. La chute sèche le niveau bas ou la ligne sèche. Enlève le tapis de plus sec et la secousse pendant qu'étouffe bien. Eviter la flamme. »

N'est ce pas déjà du Roland Farthes ?

Si, évidemment !

Et là tout s'éclaire !

Dans sa troisième période, Roland Farthes s'est échiné à imiter des modes d'emploi japonais.

De là à penser que sa mort en 1981 soit due à des yakuzas stipendiés par un collectif de traducteurs jaloux, il n'y a qu'un pas.

 Et de quoi faire un roman…

Nicolas Baverais :

Dernier ouvrage publié : "La France qui s'écroule"

Nicolas Baverais poursuit une longue tradition française de littérature du déclin.

En clair, de crachat dans la soupe.

C'est probablement chez les boy-scouts, où le concours de mollards est, avec la pollution nocturne, une des institutions majeures, qu'il y a sans doute pris goût.

Citius, grassius, flavius !

Plus loin, plus gras, plus jaune !

Baden Powell fait écho à Pierre de Coubertin qui lui-même répond à Léon Daudet.

Merveilleuses années 1900, celle de Barrès, Déroulède et de Drumont, les souverainistes de l'époque, qui pourtant, eux aussi, déploraient le déclin de la France sous "la gueuse", la république, celle du suffrage universel et de l'école obligatoire, sources de tous les maux.

Des visionnaires déjà.

Après hamster jovial, lama ronchon ?

Oui décidément la France décline.

On a peine à trouver l'équivalent de cette tradition à l'étranger.

Un optimisme radieux pour le futur irrigue toujours les plus critiques des réquisitoires aux Etats Unis.

Nos amis d'outre Rhin ont une conscience aigüe du miracle bedonnant en short sandales et chaussettes qui a succédé aux apocalypses des années vingt à quarante. Le brouet est gras est nourrissant à défaut d'être épicé et la soupière et la louche bien astiquées.

Nos voisins d'outre-Manche exsudent par toutes leurs pores des remugles de fierté impériale et la domination absolue sur internet d'un sabir vaguement dérivé de leur langue les confirment, s'il en était besoin, dans leur sentiment de supériorité innée, même si, pour la plupart, ils n'ont jamais entendu parler de Joseph Chamberlain, théoricien de la chose.

Portraits crachés

Non décidément, rien chez nos voisins ne ressemble à cette perpétuelle lamentation sur une grandeur déchue, et il faut bien le dire, fantasmée, qui, à elle seule, occupait un rayonnage entier à la Fnac du temps où on achetait encore des livres autrement que par internet, des livres en papier même !

Baverais fait partie de ces "maîtres à poncer" qui d'Alain Minc à Jacques Attali pullulent dans les corps d'inspection de la haute fonction publique française.

Doté d'une sinécure à vie, ils sont particulièrement bien placés, du fait de leur détachement des contingences matérielles, pour recommander privatisations, flexibilité du marché du travail, abolition du salaire minimum et réduction des minima sociaux.

Ils rejoignent de ce fait les fonctionnaires internationaux de l'OCDE et du FMI ou les universitaires anglo-saxons, de Laffer à Becker, qui, bénéficiant du même détachement, ont pu prôner, avec la même sérénité, les mêmes remèdes.

 "la France qui s'écroule" fait suite à la "France qui tombe" (2003), à "la France qui s'affale" (2008) et "la France qui s'effondre"(2011).

Nicolas Baverais est en passe d'épuiser les synonymes de la chute dans le Larrousse et va bientôt devoir passer au Robert voire au Littré compte tenu, welfare state aidant (*vade retro*), de son espérance de vie et de sa productivité.

Peut-être eut il été mieux inspiré de choisir des titres moins radicaux afin de se ménager la possibilité d'une progression dans la décadence :" la France qui trébuche", "la France qui vacille", "la France qui fléchit", "la France qui ploie" par exemple.

Il aurait pu aussi ainsi recourir à du vocabulaire technique par exemple "la France qui fasseye" ou " la France qui démâte", emprunté au lexique de la voile par exemple.

 Uu encore "la France qui ne swingue plus" pour emprunter au golf, et même "la France qui rétrograde", "la France qui patine", "la France qui n'embraye plus" voire "la France qui broute" pour recourir à la terminologie, plus commune, des garagistes.

Il aurait pu aussi se ménager la possibilité d'un retour à l'optimisme pour le cas où ses amis politiques souverainistes accèderaient enfin au pouvoir et mettrait en œuvre son programme de redressement.

 Dès l'âge de trente ans il s'est voulu un sage, un maître à penser éclairant la voie à suivre, ce qu'Hayek était à Thatcher, ce que Friedman était à Pinochet, ce que Platon était à Denis de Syracuse, avec les merveilleux résultats que l'on sait dans les trois cas.

Portraits crachés

Peut-être sera t'il un jour ministre du Redressement- vaste programme eut dit Madame De Gaulle, rêveuse- dans un gouvernement de large union entre libéraux et nationaux.

D'habitude quand on mélange du bleu et du marron c'est dans une cuvette.

 Mais après tout Paris est bien topographiquement situé dans une dépression.

C'est là aussi que l'expression "patriote de l'autre bord" –de la cuvette- prend toute sa saveur, si l'on ose dire.

Mais tels le Minotaure et Pasiphae, le taureau entrera t'il jamais dans l'arène ?

On peut en douter : quand on a régurgité toute sa bile il ne reste plus que l'estomac et les tripes à cracher.

Encore faut-il en avoir.

Portraits crachés

Laurent Bidet

Dernier ouvrage (planifié) : « (I can't get no) Civilizations »

Laurent Bidet est un kador.

Après une biographie de Himmler, un récit de la campagne de Nicolas Sarkozy puis une parodie du structuralisme et de la loghorrée de jacques Debrida (" la huitième fonction du tangage "), il a réussi à convaincre son éditeur de lui payer une énorme avance pour écrire une uchronie basée sur l'invasion par Tamerlan de l'Europe en pleine guerre de 100 ans et en plein grand schisme d'occident.

Autant imaginer que les incas envahissent l'Europe de Charles Quint, Henri VIII, François Premier et Luther, me direz-vous. Mais non, cette histoire-là avec Tamerlan, qui n'est pas advenue, est bien plus vraisemblable.

L'éditeur de Laurent Bidet, un peu perturbé par la créativité tous azimuths de son poulain, a bien voulu nous fournir le pitch et la première page du futur livre.

Le titre provisoire " I can get no civilization " a été donné par l'éditeur.

Et c'est un trait d'humour noir et une expression de sa frustration.

En effet c'est avec ces éléments que Laurent Bidet l'a convaincu de se lancer dans cette aventure, il y a maintenant quatre ans.

L'éditeur regrette aujourd'hui son geste généreux et espère en communiquant ce pitch forcer l'attention du public et stimuler l'auteur, auquel il envisage de couper les vivres.

A lire ce synopsis pourtant, on comprend la confiance que l'éditeur a pu mettre dans ce projet : quelle imagination débordante ! quelle originalité !

La seule question que l'on se pose *in fine* est : mais où va-t-il chercher tout ça ?

Portraits crachés

Synopsis /pitch

- 1402 Tamerlan défait le sultan ottoman Bajazet/Bayezid à Angora/Ancyre/Ankara dans une bataille dantesque engageant presque un million de combattants.

- Il met Bajazet en cage. Celui-ci meurt au bout de 8 mois en maudissant Tamerlan " Toi qui te prétend le défenseur de l'Islam, tu as ravagé tous les royaumes islamiques sans exception, sans même toucher un cheveu d'un païen, ni en Inde, ni en Chine, ou d'un chrétien à part les Chevaliers de Rhodes dont j'aurais pu m'occuper moi-même. Tu m'as défait, moi qui avais déjà vaincu tous les royaumes chrétiens des Balkans et qui m'apprêtais à détruire Constantinople, le cœur de leur empire depuis 1000 ans sur lequel même les armées du Prophète ont buté. Honte à toi, impie, que ta descendance soit maudite sur vingt générations. Avant 5 ans tes troupes cruelles finiront dans la fange comme des pourceaux. Tu auras beau les faire marcher et marcher encore, leur sang impur abreuvera les sillons. Et plus tu seras cruel, plus tu hâteras ta fin et la fin de ton empire. "

- Ebranlé, Tamerlan décide de passer le Bosphore et prend Constantinople, dont la population est massacrée, mais dont le butin le déçoit.

- En expirant, écorché vif, le patriarche, lui dit que c'est parce que les Francs ont tout pillé entre 1204 et 1268, que la ville et l'Empire ne s'en sont jamais remis, et que tous les trésors qu'il cherchait à Constantinople se trouvent à Vienne, Mayence, Cologne, Gand, Venise, Londres et surtout Paris.

- Le patriarche l'adjure de ne pas laisser pierre sur pierre de Rome et d'Avignon, ces antres de l'impie et de l'hérétique.

- En une campagne éclair, Tamerlan soumet les Balkans, se substituant à l'autorité ottomane. Il défait l'armée hongroise et prend la ville de Vienne dont la population est à nouveau entièrement massacrée. Une armée de secours polono-lithuanienne arrive trop tard et se fait à son tour tailler en pièces.

- Au pied des murs de Vienne, Tamerlan rencontre un émissaire du duc d'Orléans, chef du Parti Armagnac, qui l'incite à intervenir en France pour libérer le pays de l'occupation des Anglais et des Bourguignons, deux tribus ou khanats dont il n'avait jamais entendu parler

- Tamerlan, alléché par les trésors promis par le patriarche de Constantinople, oblique vers l'ouest à marche forcée. Il arrive aux portes de Paris au printemps 1404-

Portraits crachés

- Au passage un raid éclair mené par son fils enlève le pape ou l'antipape en Avignon puisque à cette époque la chrétienté est déchirée par le Grand Schisme d'Occident et que selon les années il y a deux ou trois papes, chacun reconnu par des puissances opposées

- Tamerlan veut refaire ce que les Mamelouks ont fait avec le dernier descendant des califes Abbassides, accueilli au Caire après le sac de Bagdad par les Mongols en 1258. Tirer de son hôte forcé une légitimité religieuse auprès des populations soumises.

- La ville de Paris, 20.000 habitants tout juste à l'époque, déçoit terriblement Tamerlan, habitué à détruire, piller et massacrer des villes cinq à dix fois plus grandes, comme Damas Bagdad ou Delhi, et autrement plus riches.

- Le duc de Bourgogne et le roi d'Angleterre se sont enfuis avec le roi fou Charles VI et sa femme, Ysabeau de Bavière.

- Tamerlan ordonne le bombardement de la ville par des catapultes et des fusées et des flèches incendiaires puis l'assaut à la nuit tombée.

- Les turco-mongols font une brèche dans les murailles au niveau de la porte de Bercy. Ils tombent sur les entrepôts où les Armagnac avaient dû laissé leur réserves avant de s'enfuir, et où le duc de Bourgogne et le roi d'Angleterre ont entreposé en perspective d'une longue occupation de Paris, repris aux Armagnacs, des milliers de barriques de vins de leur domaines respectifs, le Bordelais et la Bourgogne.

- Les troupes de Tamerlan habituées au seul kumiss, lait de jument légèrement fermenté, une sorte de lait ribot, éventrent les barriques qu'ils entreprennent de vider.

- Au petit matin tout l'est parisien est jonché de près de vingt-mille soldats mongols ivres morts.

- Tétanisés, les Parisiens n'osent pas les massacrer et envoient une députation de bourgeois, désignés d'office, pieds nus et la corde au cou, demander une reddition honorable à Tamerlan.

- Celui-ci est complètement bouleversé : pour la première fois une de ses armées est défaite. Pire, elle l'est par une ville minuscule et qui ne se défend même pas.

- Que va penser le monde de cette situation qui ridiculise le conquérant cruel et invincible ?

Portraits crachés

- Pour que le monde n'en sache rien, il faudrait tuer tout le monde, y compris sa propre armée, sa propre cour, sa propre famille et peut-être lui-même.

- Et pire encore, c'est peut-être la malédiction de Bajazet qui est en train de se réaliser : les pourceaux se vautrant dans la fange, ce sont ses soldats ivres morts jonchant le sol de Paris dans leur vomi.

- Tamerlan, qui est superstitieux, et qui se proclame l'élu des astres, est terrifié. Il se rappelle la dernière phrase de la malédiction de Bajazet " plus tu seras cruel plus tu hâteras ta fin et celle de ton empire"

- Tamerlan décide d'être magnanime et épargne les Parisiens qui doivent cependant livrer toute leurs richesses et tout leur vin.

- Un soldat ivre sur dix est mis à mort pour maintenir le yasak, l'inflexible discipline militaire mongole.

- Histoire aussi de faire quand même une petite pyramide dans la cour du Louvre. Yeo Min Pei un des architectes chinois de Tamerlan est chargé de la chose. Tamerlan passe en revue ses troupes devant la pyramide et prononce son fameux " De cette pyramide tout l'Islam et le Turkestan vous contemplent ",

- Al Burhain, un autre architecte de Tamerlan, déporté, lui, de Damas, rase aussi quelques colonnes pour le principe.

- Quelques excès sont commis par des troupes auxiliaires de convertis, surnommés les " bidochons " en raison de leur manie d'écorcher vif leurs victimes. Notamment l'égorgement de tous les troupeaux de porc pâturant vers la porte de la Villette et de leurs porchers. Tamerlan y met prestement fin par une autre " petite " pyramide .

-

- Les parisiens soulagés, célèbrent Tamerlan par un Te Deum à Notre-Dame. Mais celui-ci y rentre à cheval et la convertit immédiatement en mosquée.

- Il organise la restauration de la nef endommagée par l'incendie de sa toiture de plomb au début du siège- Pour ce faire il ordonne l'érection une coupole de faïence bleue au-dessus du transept.

- Les Parisiens accueillent ouvert à bras ouvert les soldats qui les ont épargnés et qui depuis l'affaire de la pyramide du Louvre, se tiennent à carreaux et se montrent très disciplinés. " Des gens très corrects " dit un témoin d'époque.

- Un restaurateur parisien, maître Taillevent, a l'idée de hacher le steak que les Mongols font cuire à cru sous leur sel et de l'assaisonner d'épices et de moutarde de Meaux (pas de Dijon, toujours aux mains de l'ennemi anglobourguignon). Son " steak tartare " fait fureur de même qu'une autre spécialité mongole, un fromage cru à l'ail et aux fines herbes.

- Mettant en avant le Dauphin, récupéré à Bourges, les armées de Tamerlan conquièrent le Bordelais et la Bourgogne. Tamerlan évite à grand-peine l'enivrement de son armée, qui, décidément, se plaît dans ce pays de cocagne.

- Tamerlan apprend que le roi d'Angleterre allié avec les cités flamandes et le Saint-Empire Romain Germanique, qu'il a négligé après la prise de Vienne, concentre une armée en Flandres.

- Rassemblant ses troupes à Fontainebleau, il les harangue en leur promettant quadruple ration de vin au retour victorieux et prononce ces paroles restées fameuses " L'aigle volera de mosquée en mosquée ".

- Après une campagne éclair, il défait les coalisés dans la plaine de Waterloo, malgré l'arrivée tardive du commandant de son aile gauche l'émir Abd El Kroushi, qui sera empalé immédiatement pour la peine.

- Les anglais se replient en bon ordre. L'armée de Tamerlan reste étrangement passive pendant quelques jours, probablement du fait de la découverte des caves à cervoise belge.

- Ce délai miraculeux permet aux anglais de rembarquer leur corps expéditionnaire avec tous les vaisseaux disponibles, à Dunkerque.

- Tamerlan jure de les exterminer et installe un camp à Boulogne d'où il projette d'envahir l'Angleterre l'année suivante.

- Le roi Henri V d'Angleterre fait exécuter son favori, lord Neville, tenu pour responsable du désastre et le remplace par lord Winston, pourtant responsable lui-même d'un désastre maritime contre Tamerlan : la tentative de sauvetage des chevaliers de Rhodes à Smyrne, où la flottille croisée était arrivée trop tard et s'était de plus fait décimée par les catapultes et les flèches enflammées.

- Au printemps de l'année suivante, Tamerlan tente un débarquement en Angleterre. Une tempête se déclenche et sa flotte est anéantie, les équipages des rares vaisseaux parvenus à débarquer sont massacrés sur les plages anglaises.

- Tamerlan ulcéré, et à la recherche d'une victoire rapide pour effacer cet affront, déclare la guerre au khan de la Horde d'Or qui règne depuis Astrakan sur toute la Russie et la Sibérie et lui a reproché ses dévastations en terre d'islam.

Portraits crachés

- Le 22 juin 1411 il déclenche l'opération Barbe-Noire et envahi le territoire de la horde d'or. Il " libère " Moscou qu'il ne détruit pas pour y bivouaquer l'hiver. Mais la horde d'or met le feu à la ville.

- Au sud l'armée de son général est bloquée à Saraï, Saraïgrad pour les indigènes, sur la Volga dans un siège interminable où l'assiégeant se retrouve bientôt assiégé.

- Tamerlan ne cesse de réclamer des renforts en troupes et en tonneaux de vin pour soutenir leur moral à son fils aîné, ivrogne notoire resté en France avec la moitié des turco-mongols.

- Les soldats d'avant-garde du front Est sont envoyés en repos en France d'où ils ne veulent plus repartir. On ne compte plus les automutilations d'archers, punies sévèrement et signalées, ça et là, par des pyramides de 5 crânes, 4 pour la base et une pour le sommet.

- Finalement Tamerlan, englué, réclame le renfort de la quasi-totalité des troupes cantonnées en France. Voulant exécuter son ordre, son fils fait face à une rébellion dont il préfère prendre la tête plutôt que de perdre la sienne.

- Les Anglais débarquent en Normandie. C'est le "Brit-back ".

- Ils sont acclamés par la population et ils ne rencontrent pas de résistance. Ils s'allient au fils de Tamerlan pour prendre en tenaille Tamerlan qui, poursuivi par la Horde d'Or, se replie à travers la Biélorussie puis la Pologne puis l'Allemagne vers la France.

- Les troupes de Tamerlan talonnées par la horde d'or arrivent jusqu'en Champagne.

- Dans une bataille apocalyptique, celle dite des Champs Catatoniques, tant elle a stupéfié les contemporains, l'armée de Tamerlan est prise en tenaille entre la horde d'or d'un côté et les armées de son fils et des Anglos-franco-flamands de l'autre.

- L'armée du boiteux est anéantie. Timour et son fils périssent tous deux dans la bataille.

- Henri V d'Angleterre est sacré roi de France à Reims le surlendemain de la bataille par son pape/antipape et Saint Empereur d'occident et " sauveur de la chrétienté " à Aix la Chapelle deux semaines plus tard.

- A Yalta en Crimée, près de la colonie vénitienne de Caffa, un partage du monde, sanctionné par une bulle pontificale, est effectué par un traité d'alliance perpétuelle entre Le Grand Khan de la Horde d'Or et Henri V.

- Conformément aux accords conclus, les mongols de la Horde d'Or se retirent-il au-delà de l'Elbe

- Devant choisir une capitale sur le continent et ne pouvant pas jeter son dévolu sur Londres, Paris, ni une ville impériale allemande, puisqu'il est désormais plus que saint empereur romain germanique, Henri V choisit Bruxelles.

- On connait la suite…

Portraits crachés

Les mongols à Paris

D'après les chroniques de Jang Jian[1] .

<u>19 Dhou Al-Qi'da 807 (27 avril 1404)</u>

Apercevant enfin les murs de Paris, mon maître Timur entra dans une folle colère. …[2]

---

[1] Jang Jian, mandarin chinois dissident, capturé par les éclaireurs de Tamerlan à l'ouest de la grande muraille où il purgeait une peine d'exil pour insolence. Devenu, malgré lui, chroniqueur de Tamerlan, il est l'auteur de la célèbre comptine « Timour est beau, Timour il est gentil » qu'on chante encore dans les cours d'école. C'est une œuvre de commande, de même que trois chansons faisant l'éloge des troupes de Tamerlan et de leur cruauté «Ah qu'il est mimi ce coutelier »et «Le boucher« et de leur vie nomade et égalitaire " liberté, égalité, ma yourte".
Il s'est converti au christianisme par pur opportunisme («Enfin du cochon, enfin du vin, comme là-bas dis !» écrit-il dans une des ballades nostalgiques pré-villoniennes de son premier recueil, écrit dans un français encore hésitant «Moi y en a vouloir des Tchous »). En effet les « gens du livre », juifs et chrétiens, ont en Dar El Islam un meilleur statut que les païens.
Par la suite Jang Jian, sous l'influence de Christine de Pisan et du tout jeune Charles d'Orléans est devenu un vrai poète français et l'auteur d'un émouvant miracle joué sur le parvis des cathédrales sur les douleurs de l'enfantement de la vierge « Quadraginta quinque minuta coram Iesu Christi » (« Deux heures moins le quart avant Jésus Christ »), plus connu sous le nom de « laborabat mater dolorosa », nom sous lequel Guillaume de Machault, puis Josquin des Près et pour finir Pergolèse l'ont transposé.
Il a fini canonisé par l'église catholique (Saint Jang Jian patron des humoristes et des porchers, fête le premier avril). En effet, après les premières pyramides de crânes et les premiers massacres de troupeaux de porc par les terribles bidochons, fanatiques fraichement convertis et dignes successeurs des écorcheurs de Caboche, il avait convaincu Tamerlan, son terrible maître, de renoncer à convertir de force tous les chrétiens et d'épargner les cochons. Il était parvenu à ce résultat en faisant valoir qu'en Islam seuls les non-musulmans sont contribuables et qu'il vaut donc mieux tondre le mouton que de l'égorger, et qu'un cochon taxé est plus rentable qu'un cochon mort. «J'ai surtout fait ça pour les cochons» s'est-il plu à répéter jusqu'à son lit de mort en refusant l'extrême onction.
« Nous ne vieillirons pas ensemble » avait-il dit témérairement à Tamerlan au risque de se faire prendre au mot et d'être empalé dans l'heure. Mais le conquérant était dans un bon jour et avait pris le parti d'en rire. Du coup il a donné raison à Jang Jian qui lui a survécu vingt ans.

[2] À la connaissance de l'éditeur Laurent Bidet n'est pas allé plus loin à ce jour que cette première phrase et cette note de bas de page. L'uchronie est un sport difficile et acrobatique, voire dangereux .

Igor et Grichka Buggerfuckoff

Dernier ouvrage publié :« Trou noir et big-bang : le doigt de Dieu»

Passés sans transition, ou presque, de la science-fiction à la fiction scientifique, Igor et Grichka Buggerfuckoff, nous font regretter amèrement l'époque glorieuse des fous rires de Denise Glabre et des « pas mal » de José Sucmimore.

Gratifiés du titre de " docteur" en quatrième de couverture d'un de leurs opus à la suite de "l'erreur d'un stagiaire", ils se sont exécutés et ont repris à 40 ans passés, le chemin de l'école, pour finalement obtenir leur parchemin, en province et à l'usure, si l'on en croit l'enquête interne diligentée par la suite et fuitée par quelque bonne âme.

Ils ont été ensuite, une deuxième fois, victimes de la "malédiction du stagiaire" qui semble les poursuivre.

On espère pour eux qu'il ne s'agit pas du même, ou de la même, stagiaire que la première fois.

Mais peut-être que si après tout.

C'était peut-être la fille du patron.

On sait bien comment sont recrutées les stagiaires partout et à quel point le secteur de l'édition, comme celui des médias en général, brille par sa transparence en la matière.

Ce ou cette stagiaire qui , donc, a, dans une autre quatrième de couverture, laissé entendre qu'Igor et Grichka faisaient partie de l'équipe scientifique exploitant les résultats d'un satellite, dans un laboratoire-succursale de l'institut Max Planck, surnommé "ma planque" en raison de sa localisation, au bord du lac Majeur en Italie.

Hélas pour eux, il n'en était rien.

Le scandale aidant le livre, le livre s'est suffisamment bien vendu pour qu'ils puissent tous deux se payer une chirurgie esthétique complète qui les fait ressembler à leur propre caricature par un de ces artistes de la place du Tertre ou du parvis de Beaubourg, qui vous trousse une caricature en 10 minutes pour 30 €.

Qui dira les ravages du botox et du silicone ? !

Il y a peut-être là un nouveau sujet pour eux : la cosmologie à la cosmétologie il n'y a après tout qu'un «et».

L'ex-président Sarkozy, les honore, paraît-il, de son amitié.

Entre spécialistes du vide intersidéral…

~ 49 ~

Il y a peut-être là un nouveau sujet pour eux : la cosmologie à la cosmétologie il n'y a après tout qu'un «et».

L'ex-président Sarkozy, les honore, paraît-il, de son amitié.

Entre spécialistes du vide intersidéral…

Zbooba
(éloge funèbre)

Dernier ouvrage paru (posthume) : « J'arrive, passe-toi la chatte au rouleau, anthologie intégrale des chansons et des posts de Zbooba » (co-édition Réunion des Musées Nationaux, Maison Nationale du Rap de Sevran et UNESCO)

Eté 2034.

La France vient de remporter pour la troisième fois la Coupe du monde. Pourtant l'euphorie est très vite retombée. Car la situation est dramatique.

D'abord, le pays est accablé par la canicule. On en vient à regretter les 40 degrés à l'ombre des années 2020...

Et surtout, la crise migratoire anglaise est désormais totalement hors de contrôle.

Fuyant la misère et des gouvernements brexiters de plus en plus répressifs, des dizaines de milliers d'anglais traversent la mer, sur des embarcations de fortune, pour atteindre la terre promise, l'Union européenne et sa porte d'entrée, la France.

Les camps de réfugiés de Calais, de Boulogne, de Crécy, d'Azincourt, de Poitiers, d'Orléans, de Troyes, de Saintes, de Taillebourg et de Château-Gaillard sont saturés. Des bandes de hooligans s'y disputent la primauté et confisquent l'aide alimentaire européenne à l'entrée des camps pour la revendre au prix fort à leurs malheureux compatriotes. La police n'ose plus pénétrer dans les camps.

S'échappant de la nouvelle jungle de Sangatte, des réfugiés britanniques désespérés, en attente d'un visa pour l'Allemagne ou, mieux encore, pour la Pologne affrontent dans la banlieue de Calais les Syriens du « petit Damas » et dans la banlieue de Boulogne, les Afghans de la « petite Kaboul » pleinement intégrés et parfois même militants du Front national.

 Le président français en appelle à la solidarité européenne mais successivement la Belgique, le Luxembourg, l'Allemagne, la Suisse (bien sûr) et l'Italie ont fermé leurs frontières, en attendant l'Espagne. Les accords de Schengen sont suspendus *de facto*.

Les banlieues françaises sont à nouveau en feu et les pogroms anti réfugiés anglais se multiplient. Des slogans comme « Du fric pour Villejuif, pas pour les rosbifs » où « De l'artiche pour les banlieues pas pour les engliches » taguent les murs des grands ensembles dans les quartiers.

Portraits crachés

Des commandos black-blanc-beur « Jeanne d'Arc » (prononcez Djihanne Ndyarc avec cet accent traînant un peu particulier, si typique des banlieues) sévissent et passent à tabac des mendiants anglais isolés, jusque sur les Champs-Élysées.

L'État est absent et défaillant. l'Etat d'urgence est sur le point d'être proclamé.

Dans ces circonstances dramatiques le rappeur Zbooba, idole ambivalente, et un peu has-been, des banlieues meurt.

Relativement jeune.

ça arrive. Les rappeurs ne fument pas que du tabac et ne boivent pas que de l'eau, ils ne roulent pas à 80 sur les routes départementales et ils regardent beaucoup, beaucoup de films pornos. A force de tirer sur la corde, sur le joint ou sur la tige, tant va le cruchon à l'eau qu'à la fin, il se brise.

Dans une ultime tentative pour reprendre la main et de créer un élan d'union nationale, le président décide d'un hommage funèbre national dans la cour des Invalides pour Zbooba, prélude, peut-être, à une panthéonisation.

Voici le texte intégral de son éloge funèbre :

« Messieurs les présidents, Monsieur le Premier ministre, Mesdames et Messieurs les ministres, Mesdames et Messieurs les parlementaires, Mesdames et Messieurs les académiciens, Mesdames et Messieurs les membres du corps préfectoral, Mesdames et Messieurs les membres du corps diplomatique, chère madame Zbooba, Cher Kaapris, Cher Joey Starr, Chers Eminem et Jay-Zee, Chère Kim, Chers Nique ta Mère et Ayam, Chers DJ, chers posses et membres du crew, chers membres de la famille, Mesdames et Messieurs,

C'est d'abord à messieurs les rappeurs, présents sur cette estrade, que je m'adresserai.

Je sais que vous êtes des rebelles. Vous l'êtes par nature, peut-être, et par profession, sûrement.

Je vous répète donc les instructions que vient de vous donner le protocole. Car je sais, d'expérience, qu'elles sont restées vaines.

Portraits crachés

Les lois de la République m'interdisent d'avoir comme vous des roadies, des bodyguards et des posses pour faire régner l'ordre, sans ménagements, backstage, dans le carré VIP de vos concerts.

Et, même si un de mes prédécesseurs s'est mordu les doigts d'avoir fait confiance à un bad boy qui n'aurait pas déparé vos rangs, je vous l'avoue, je le déplore parfois, car au fond moi-même, enfant au moins, j'aurai voulu être un rappeur. Mais j'étais trop bon élève, et mes parents trop conventionnels.

De grâce donc, éteignez vos portables. Vos followers attendront. Nous sommes ici pour rendre hommage à un mort et les morts ont l'éternité devant eux. Ils ne twittent plus sauf par producteur, veuve et avocats interposés.

 Veuillez aussi enlever vos casques audio. L'écoute de votre dernière maquette ou de la concurrence ou, qui sait, peut-être même de Beethoven attendra.

Zbooba, notre grand défunt, par contre, a eu, lui, l'insigne honneur pour un rappeur d'être enterré avec son casque audio sur les oreilles, par-dessus sa casquette. Son oeuvre intégrale y est diffusée en boucle et il y a assez de batteries dans le cercueil pour que lorsqu'il ne restera plus qu'un crâne entre les écouteurs et que même la trame du tissu de sa casquette sera effilochée, il puisse, encore et encore, entendre son oeuvre immortelle.

Certains grincheux passéistes, peu amateurs de rap, diront qu'il aura ainsi subi l'enfer sur terre. Quelle étroitesse d'esprit ! imagine-t-on Mozart, bercé à jamais par la flûte enchantée dans son cercueil ? on le devrait.

Et d'ailleurs si Mozart vivait aujourd'hui il serait rappeur. Aurait été rappeur, devrais-je dire plutôt, en employant le futur antérieur, car il serait certainement mort d'une overdose d'autre chose que de microbes comme la dernière fois.

Vous pouvez, par contre, garder vos casquettes. Zbooba aurait aimé les voir alignées sur ces gradins entre deux bicornes d'académiciens, trois képis de général d'armée et quatre casques de garde républicain.

C'est le couvre-chef qui fait le chef et cela, seuls les militaires et les rappeurs l'ont compris.

 Triste époque que celle qui fait aller les plus hautes autorités de l'Etat tête nue, oui je vous le dis encore et sans démagogie – ce n'est pas mon style– j'aurais voulu, moi aussi, être un rappeur. Un gangsta, même.

Mais la politique, vous savez, c'est aussi une affaire de bandes et, si vous me pardonnez l'expression, de castagne.

Portraits crachés

 Messieurs, vous êtes des créateurs et des artistes, avant d'être des compétiteurs et des guerriers. C'est ce qui vous donne cette sensibilité exacerbée, quasi féminine, serai-je tenté de dire.

Et tout en témoigne : vos barbes trop bien taillées, vos bagues et vos poings américains rutilants et comme astiqués tous les jours, vos pectoraux et vos biceps, bronzés, gonflés et lustrés comme ceux de chippendales, vos colliers massifs, tels des torques gaulois, d'où pendent, juste au-dessus de votre sexe, moulé par le cuir, qui le symbole d'un dollar, qui celui d'un euro et, coquetterie ultime, pour certains d'entre vous, vos dents en or.

Quoi d'étonnant alors dans cette jalousie quasi-pathologique pour le dernier Hummer, la dernière Lamborghini ou Bugatti Veyron, la dernière vedette de Marc Dorcel ou de Hot Vidéo, jalousie mortelle pareille à celle qui fait se crêper le chignon à deux femmes ayant eu le malheur de choisir la même robe ou la même paire de chaussures.

Quoi d'étonnant disais-je, à vos chamailleries perpétuelles, à vos querelles, à vos insultes, à vos défis. À vos clashes comme vous dîtes.

 Vous, Kaapris, ici présent, et qui portez le deuil d'un ami qui a fait, à jamais, votre gloire, oui vous Kaapris, aviez apostrophé Zbooba sur les réseaux sociaux avant l'incident d'Orly en lui disant je cite « j'vais t'enculer, je vais te briser les os, j'vais boire ton sang ».

Peccadilles, emphase méridionale, querelle de bacs à sable.

Le juge ne l'a pas compris ainsi et, malgré tout le respect que j'ai pour la séparation des pouvoirs, je suis en désaccord avec cela.

Il y a de toute façon prescription, au sens propre et au sens figuré.

Mais c'était une autre époque, plus sévère, moins compréhensive peut-être parce que confrontée à de moindres défis que la nôtre, où l'urgence nous oblige à faire la part de l'accessoire et de l'essentiel.

Moi, ce qui me frappe dans cette phrase, en tant qu'ancien khâgneux, c'est sa parfaite construction ternaire, comme une période de Cicéron ou du général de Gaulle, mêlée à une éructation tripale célinienne. En somme, le meilleur de la littérature française, mais dans cette forme moderne qu'est le slam.

J'y vois aussi une sorte de parade guerrière, de hakka. Là encore, pas quoi faire de mal à une mouche, un all-black n'a jamais avalé tout cru un Chabal, ni bu son sang !
.

En retour, Zbooba a exprimé le voeu d'avoir des rapports intimes, avec vous-même, Kaapris ainsi qu'avec votre mère et votre sœur.

Portraits crachés

Notez là encore le rythme ternaire.

Je relève en passant qu'il a omis votre femme, votre belle-mère, vos enfants et vos animaux familiers.

Peut-être les réservait-il pour un autre tweet. La progression dramatique n'est-elle pas l'essence de l'art théâtral d'après Aristote et Meyerhold?

Bien sûr, il ne fallait voir dans cet appétit éclectique et apparemment inépuisable qu'une rodomontade, un clin d'oeil aux fans, comme les artistes l'ont toujours pratiqué par presse et media interposés, de la querelle des anciens et des modernes à la bataille d'Hernani, des titres de France Dimanche à ceux d'OK ou podium jusqu'à vos tweets d'aujourd'hui.

Certains esprits chagrins parleront d'appauvrissement. Moi j'y vois un renouvellement et même un élargissement, si j'ose dire, puisque quelques milliers de personnes au plus lisaient Boileau ou Théophile Gautier quand le moindre de vos tweets a des centaines de milliers de followers.

Oui Kaapris, vous n'auriez pas dû prendre cela au sérieux.

Mais vous être retrouvés comme Zbooba, tel un enfant qui à force de jouer avec la commande de l'airbag passager, malgré les objurgations de ses parents, finit par le déclencher et avec lui un vrai accident de la route avec tête à queue, tonneau, tôles froissées, blessés, ambulances et désincarcération.

Sauf que, dans votre cas, c'est d'incarcération qu'il s'est agi.

« Entre ici Zbooba !! », voilà ce que vous auriez dû dire Kaapris, en le prenant au mot, avant cet incident d'Orly qui a changé votre vie.

Cela l'aurait sans doute désarmé. Derrière la façade de brute virile, soigneusement entretenue, se cachait certainement un être délicat, sensible, prude même, parce que peut être effrayé par ses propres penchants, à la fois refoulés et clamés haut et fort par ses tweets.

Gêné, il aurait peut-être alors passé son chemin et fait semblant de vous ignorer.

Mais vous n'en a rien fait et vous avez eu tort.

Mais peut-être, après tout, avez-vous eu raison, car cela a changé à jamais votre vie et celle de Zbooba.

Et à travers vos chansons à tous deux, notre vie à tous.

Portraits crachés

Zbooba, au nom de tous les Français qui t'ont écouté, permets-moi de te tutoyer, toi qui n'a jamais vouvoyé personne sauf une fois, contraint et forcé, un caïd à Fleury-Mérogis, dans la salle des douches.

Permets-moi aussi de t'appeler Zboo ou Zboob, c'est selon, les surnoms que tu donnais affectueusement à ce que tu appelais la « meilleure partie de toi-même ».

Zboob je voudrais évoquer ton art avant d'évoquer ta vie, car tu as donné ta vie à ton art et en retour ton art a illuminé ta vie.

Messieurs les rappeurs à travers Zboob, si j'ose dire, c'est à vous tous et à votre art fédérateur et novateur que je veux rendre hommage.

Fédérateur, il l'est entre tous, puisque vos slams résonnent aussi bien dans les cités que dans les beaux quartiers.

Ils donnent au boutonneux pensionnaire des bons pères le sentiment, casque sur les oreilles d'être un rebelle-

 Ils permettent aux gens des quartiers de caresser, je dis bien caresser, le rêve d'avoir un jour un Hummer autrement que par le football ou le petit commerce à la sauvette dans les cages d'escalier.

Pour ne parler que de moi, leurs ahanements ont rythmé mes thèmes et mes versions de grec ancien en khâgne, mes cours de droit constitutionnel à science po et de gestion publique à l'ENA.

Tous ici, du général d'armée au planton, de l'académicien au balayeur au fond de la cour nous pourrions entonner par coeur ces vers libres qui firent la gloire précoce de Zboob.

«billets verts j'en ai tellement
J'encule vous tous, solennellement
J'fais l'hella sans prendre d'élan
J'suis ours noir ,pas goéland
Ta tasse-pé veut me gué-lan
A part en cours, j'suis au premier rang »[3]

Admirable éloge de l'initiative individuelle et de la réussite méritocratique pleinement assumée. Un vrai propos de premier de cordée. Bref, une vraie leçon pour notre jeunesse.

Mais votre art est novateur aussi. Il a introduit dans l'art et la culture populaire les révolutions artistiques du XXème siècle.

Comme Picasso a aboli la perspective avec les demoiselles d'Avignon,

---

[3] Authentique, verbatim : « turfu » (2012)

comme Malevitch a aboli à la fois la composition et la palette en osant le monochrome,

comme Fontana et Pollock ont aboli la toile l'un en la lacérant, l'autre en la faisant dégouliner,

comme Lichtenstein et Oldenburg ont remplacé la toile, l'un par des bd agrandies et pixellisées, l'autre par des reliefs de repas vernis,

comme Michel Butor, Nathalie Sarraute, Alain Robbe Grillet et Claude Simon ont aboli et l'intrigue et le personnage, ces deux escroqueries romanesques,

comme Schonberg et Stochkhausen ont aboli la mélodie,

comme Becket et Ionesco ont aboli les trois unités,

comme Breton a aboli la littérature,

comme Duchamp avec son urinoir a aboli purement simplement l'art,

vous avez aboli la mélodie, la grammaire, la syntaxe, le vocabulaire et même le genre comme en témoigne votre usage ambivalent et récurrent du phonème beat/bit/bite.

De toutes les contraintes formelles de la langue écrite, vous n'avez gardé que la rime et encore, une rime pauvre, comme le sont vos quartiers d'origine, que vous parcourrez désormais en Hummer .

Oui, vous êtes à la musique populaire ce que la seconde école de Vienne est à la musique classique, vous avez réduit la musique à une ascèse binaire et le texte à une épure viscérale, un cri primal que n'auraient renié ni Louis Ferdinand Céline, ni Christine Angot qui, soit dit en passant, s'est laissée séduire par un de vos glorieux prédécesseurs, Doc Gynéco.

Vous êtes, sans le savoir sans doute, profondément schumpeteriens, école de Vienne encore, car votre volonté de destruction a été profondément créatrice.

J'en viens à notre cher Zboob.

Oui Fleury-Mérogis a été pour lui comme une césure, comme un déchirement, bien qu'il y ait considérablement élargi le cercle de ses amis.

Il y a comme un avant et un après, une révélation en somme.

Après cette épreuve son caractère a changé et son inspiration aussi. Il a essayé de nouvelles pistes sonores.

Portraits crachés

D'abord la fusion rap flamenco avec » »Zboobi Zbooba » qui nous fit danser tout un été.
Puis la fusion rap-opéra avec « Le zboob Enchanté », Mozart en rap, qui ne connût pas le succès qu'il eût mérité.

Ses collègues et ses rivaux l'ont alors accablé alors sur les réseaux sociaux, en le menaçant de leurs châtiments habituels.

Mais il n'a pas réagi.

Comme si la confrontation avec la réalité à Fleury-Mérogis lui avait ouvert les yeux, entre autres, sur la vanité de ces défis de jeunescoqs.

il en en a même fait un slam, directement inspiré de la parabole de l'évangile « si on te frappe sur une joue, tends l'autre ». Mais c'était un rap tout de même et il a choisi un autre partie de son anatomie, mais néanmoins quel chemin de Damas.

Et voyant qu'il ne réagissait pas ou si peu, et si peu agressivement, un de ses collègues, Woof, a aussi fait un slam sur ce qu'il a perçu comme une faiblesse et qui n'était que sagesse.

 Insulte suprême, ce slam a connu un immense succès « y a du mou dans le Zboo, yeah, yeah, fuck you, fuck you, y a du mou dans le zboo «   etc.

 Messieurs les académiciens, un peu de tenue ! cessez de vous balancer et de chantonner.

C'est vrai, cher Zboob, nous l'avons tous fredonné et nous le regrettons aujourd'hui amèrement, devant ta dépouille.

Dix fois peut-être, la savonnette du succès lui a échappée des mains, dix fois il s'est agenouillé pour aller la rechercher.

Dix fois il s'est réinventé, tentant, en vain, de convaincre les producteurs de le suivre dans ses nouvelles aventures musicales.

 Pour financer ses albums il est allé jusqu'à vendre successivement sa Lamborghini, son Hummer, sa Harley, sa collection de casquettes et de poings américains, et même ses deux biens les plus précieux, deux collections amassées patiemment dès l'enfance, sa collection complète des numéros d'Hot-Vidéo et l'intégrale des cassettes et des dvd de Marc Dorcel.

Portraits crachés

C'est donc avec fierté que je vous annonce que ces deux collections, qui allaient partir à l'étranger, ont été préemptées par le ministère de la Culture et rachetées par la direction des affaires culturelles du département de la Seine Saint Denis s et qu'elles seront accessibles dans la « maison du rap/écomusée du slam » qui ouvrira bientôt ses portes à Sevran.

Elles y seront en consultation libre.

Il faut en effet que les jeunes générations et les groupes scolaires réalisent à quel point l'amour était plus romantique et plus distingué avant l'ère internet et que c'est cet amour qui a nourri l'oeuvre de Zboob.

Mieux encore, je vous annonce ici solennellement que j'ai demandé à madame la ministre de la Culture d'entamer auprès de l'UNESCO les démarches pour classer le rap français, et ses sources d'inspiration, comme patrimoine immatériel de l'humanité.

A l'enterrement de Malraux on avait mis un chat près du cercueil, à celui de Defferre c'était un chapeau, à celui de Jean d'Ormesson, un crayon. Pour toi, Zbooba mon ami, notre ami, je vais maintenant disposer sur ton cercueil une cartouche de Marlboro achetée ce matin au duty free d'Orly et une savonnette, cadeau des gardiens de Fleury-Mérogis qui ont aussi recouvert d'une plaque de verre les graffitis que toi et ta bande y ont laissé.

Le ministère de l'intérieur envisage d'en autoriser la visite au public mais la crise migratoire présente a retardé, je n'ai pas honte de le dire, ce projet mémoriel.

[la sonnerie aux morts retentit, le président s'avance, cartouche de cigarette dans une main, savonnette empaquetée dans l'autre. Soudain, deux drones jaillissent des toits des invalides, lâchant ce qui semble être une cargaison liquide de purin ou de lisier sur le cercueil. Les gardes du corps, du président se précipitent avec des boucliers. Il est cependant touché à l'œil. La foule, aspergée, se débande dans un désordre indescriptible. Quelques casquettes sont jetées en l'air. Des « tchulé !!! » retentissent de partout, preuve que les rappeurs attribuent l'attentat à l'un des leurs, n'ayant pas reçu d'invitation ou l'ayant décliné. Les drones sont abattus. La retransmission s'interrompt brutalement]

Portraits crachés

Portraits crachés

Jean Claude Bourré

Dernier ouvrage publié: " Ces extra-terrestres qui nous gouvernent"

On ne présente plus Jean Claude Bourré aux plus de cinquante ans.

Pour les plus jeunes, disons simplement que c'était un présentateur de journal télévisé a la mode dans les années soixante-dix et quatre-vingt, avec une vague spécialisation scientifique -un emboîteur et déboîteur de maquettes de fusées, il n'y avait pas encore d'animation 3 D à l'époque-.

. Sa chevelure frisée et indéfrisable, ses dents du bonheur et la voix grave et forte faisaient -déjà- frissonner les grands-mères.

Journaliste vedette de la défunte "cinq", chaine hertzienne du groupe Machette dont la vie fut courte et que Merlusconi débutant ne parvint même pas à sauver, malgré des tombereaux de paillettes et de chair fraîche, Il présidait encore aux destinées de l'"Association des amis de la cinq" dont les membres actifs sont, un à un, fauchés par la maladie d'Alzheimer ou la maladie tout court.

Depuis une trentaine d'années, il s'était spécialisé dans les OVNI et les extra-terrrestres.

 Son dernier ouvrage, paru à titre posthume, est passé largement inaperçu. C'est très injuste car il contenait cette fois des révélations incroyables et de première importance.

 Sa recension peut tenir lieu, à elle seule, d'hommage et de nécrologie à ce grand professionnel de l'information.

A 100 lieux de la théorie du complot, il nous dévoile, de manière rigoureuse, des coïncidences extrêmement troublantes, si troublantes qu'elles ne peuvent être le fruit du hasard.

Jean Claude Bourré part d'un événement clé : l'incident de Roswell, la visite extra-terrestre la plus documentée de ces soixante dernières années.

Selon tous les témoignages, avant de s'abîmer dans le désert du Nouveau Mexique, la soucoupe venait de l'est. Elle avait donc survolé l'Europe ou sont situés, Istambul, Budapest, Moscou, Saint Pétersbourg et Neuilly par exemple, n'est-ce pas troublant?

Bien sûr les sceptiques diront que les dates ne correspondent pas puisque l'incident de Roswell a eu lieu en 1947, alors que Recep Tayyip Erdogan est né en 1954, Viktor Orban en 1963, Vladimir Poutine en 1952 et Nicolas Sarkozy en 1955.

Portraits crachés

Et alors ? Vous n'avez jamais entendu parler d'embryons à croissance différée ?

Vous n'avez pas entendu à la télévision qu'on venait de réviser la loi de bioéthique pour permettre à une veuve de se faire inséminer plusieurs années après la mort de son conjoint, avec des cellules embryonnaires recueillies des années auparavant ?

Et faut-il vous relire l'évangile de la nativité ?

 à l'évidence une FIV par endoscopie, Joseph avait tort de se méfier, la vierge Marie l'était bien.

Autre preuve extrêmement convaincante de l'origine extra-terrestre du président Sarkozy selon Jean Claude Bourré : son podium.

Il est de bon ton, aujourd'hui, de se gausser de ce podium que le président emmène partout avec lui et que l'on fait essayer à des techniciens à genoux ou à des enfants pour les doublures lumières.

En fait il n'est sans doute pas seulement un moyen pour le président de compenser sa petite taille comme ses talonnettes mais quelque chose de bien plus essentiel.

Tous les éléments dont on dispose semble converger pour laisser soupçonner que ce podium est bien plus que cela : très probablement un "chargeur bio- énergétique".

Il est clair que le podium transmettait, via les talonnettes, les impulsions bioénergétiques au président.

Pour des raisons obscures, les flashs des photographes et l'électricité statique des micros tendus décuplent la puissance du podium.

C'est là qu'il puisait son énergie incroyable, comme le géant Antée puisait l'énergie de sa mère Gaïa, la terre, en l'embrassant.

C'est parce que l'autonomie bio-énergétique du président était limitée qu'il devait, au moins une fois par jour et en présence de journalistes se tenir sur ce podium.

D'où la multiplication des points de presse, des annonces, des discours sur les thèmes les plus divers, d' où l'emport du podium lors de tous les déplacements en province ou l'étranger.

Bref un bijou de technologie extra-terrestre, mais de technologie un peu datée (1947), d'où la faible autonomie.

D'où aussi des surcharges voire des court circuits. Quand le podium saturait sous l'effet des flashes et des micros, il commençait à disjoncter.

Portraits crachés

Le signe avant-coureur de ce pétage de plombs, au sens littéral était un frissonnement de l'épaule gauche sous l'effet de ce qu'il faut bien appeler un "orgasme bio-énergetique", une petite mort extra-terrestre.

Au stade suivant, qui ne s'est jamais produit en public, c'était le malaise vagal avec réanimation par massage périnéal et procto-digital.

Ce podium était donc un équipement essentiel mais imparfait.

Hélas notre planète, étant située dans une branche éloignée et arriérée de la galaxie, n'est pas prioritaire pour l'attribution d'équipements dernier cri. Les extraterrestres ont eux aussi des contraintes budgétaires.

Notons que Silvio Berlusconi qui est issu d'une "couvée" plus ancienne - celle du vaisseau qui s'est écrasé dans la taïga en 1908- utilise, pour se recharger un système plus primitif, plus complexe et plus coûteux à mettre en oeuvre.

Ce système est basé sur un principe chimique assez proche de l'électrolyse et fait intervenir la bioénergie de jeunes femmes et une piscine, excellent conducteur des fluides, comme on le sait depuis Mesmer.

C'est également la preuve que le complot extraterrestre pour diriger la terre ne date pas d'hier, puisque Suétone décrit, dans les "douze césars" l'usage d'un sytème analogue par l'empereur Tibère à Capri.

Et puisqu'il est question de Silvio Berlusconi, ne déflorons pas plus avant le sujet, sinon pour dire que Jean Claude Bourré est mort trop tôt pour voir l'accession de Donald Trump, de Boris Johnson et de Jaïr Bolsonaro au pouvoir.

S'il l'avait vu il aurait plastronné : une blague aussi lourde, c'est typique de l'humour de ces gros cons d'arcturiens.

Ils sont vraiment impayables.

Comme on dit dans cette branche de la galaxie :

« il ne faut pas confondre tentacules et t'encules ta tante… »

William Void,
une interview

Dernier ouvrage publié :"Un anglais en Françafrique"

Le dernier ouvrage de William Void traite des mésaventures de Michael Rowston.

Ce jeune diplomate anglais, puni à la suite d'une incartade, par un stage en Afrique, y découvre toute la hauteur de vue d'une communauté expatriée française lambda.

William Void, qui, d'ordinaire, fuit les media, nous a accordé une interview.

. Nous étions en effet intrigués par son soudain intérêt pour la France alors que son oeuvre a jusqu'ici été purement insulaire et post-coloniale.

Une des clés de cette évolution est probablement le fait qu'il vive désormais en France.

Il nous a reçu dans sa villa du Périgord, dominant la vallée de la Vézère, villa rachetée a un jeune trader de la city de 26 ans spécialisé dans les subprimes et qui avait eu juste le temps de finir de faire installer un jacuzzi dans le jardin d'hiver.

C'est là que William Void nous a aimablement convié pour un brunch improvisé.

C'est entre deux bulles, trois remous et quatre bouchées que nous avons échangé quelques propos littéraires.

Le brunch était composé de haricots Heinz en boite et de Bergerac.

-" Je ne bois jamais d'eau ailleurs qu'en Angleterre, c'est une habitude que j'ai prise en Afrique et je m'y tiens.

Vous savez ce qu'on dit chez nous : "wogs begin at Calais".

Bon, grâce à Ryanair et à son Luton-Bergerac on ne passe plus par Calais.

Mais quand même.

Tiens, O' Leary[4] , je l'aime bien celui là, il dit les choses comme elles sont, j'adore son idée de taxes sur les gros ou celle de faire payer l'usage des toilettes.

____

[4] Le très médiatique PDG de Ryanair

Portraits crachés

Pourvu qu'il ne supprime pas la ligne de Bergerac, il parait que les natives ne veulent plus la subventionner.

Qu'on rétablisse la corvée bon sang, comme en Afrique avant guerre !

Et puis, je n'ai jamais conduit à droite comment je ferai?

Et je n'ai aucune envie de rentrer à Londres.

Ici les indigènes sont farouches mais leur pâté[5] est très bon, il va très bien avec les œufs brouillés.

Pourquoi des haricots ?

Ah ; ça... J'ai un rapport littéraire très fort avec le haricot.

Toute mon œuvre, d'une certaine façon, est dans le haricot.

Vous savez dans l'imaginaire anglo-saxon, le haricot ça évoque d'abord l'histoire de Jack et le haricot, l'aspiration vers le ciel, vers l'infini.

Jack plante son haricot, qui devient géant et il monte de feuille en feuille jusqu'au ciel. Il y trouve le palais de l'ogre.

Alors avec la complicité de la femme de l'ogre il lui dérobe la poule aux œufs d'or.

A la fin il tue l'ogre en coupant le haricot, devient riche et épouse une princesse.

Mais bon... évidemment, ça c'est un conte pour enfant.

Dans la vraie vie, il faut gagner son haricot puis il vous nourrit, vous cale ,vous tortille le ventre et, sa mission accomplie, il finit dans un pet gras.

Michael Rowstson, mon héros, c'est une sorte de Jack qui devient adulte.

Ce que vous les intellos appelleriez un bildungsroman.

Il aspire au ciel, mais ça finit dans les flatulences..."

---

[5] John Void fait probablement allusion au foie gras

C

comme

Chandernagor (Françoise)
Chateaubriand (François-René de)
Coehlo (Paulo)
Comte-Sponville (André)

Francoise Chanterminator

Dernier ouvrage publié: "La laie du Roi"

Francoise Chanterminator a d'abord stupéfié le jury du grand oral de l'ENA par sa définition glaciale de l'amour : "un fleuve sibérien".

Elle s'est ensuite ennuyée au Conseil d'Etat avant d'entamer une carrière d'auteur à succès avec son cycle de "La comme tout le monde".

Dans "La laie du Roi", elle revisite les mémoires de la princesse palatine qui avait été ainsi surnommée par des courtisans médisants et jaloux, en raison de son physique porcin et de son tempérament sauvage.

Quand on sait qu'une femelle de sanglier traversant, tête baissée, une nationale, avec sa harde de marcassins, est capable de défoncer de manière irréparable, l'avant d'un monospace d'une tonne cinq, lancé à quatre-vingt-dix kilomètres heures, on imagine, sans peine, la terreur que pouvait susciter un tel animal pour les occupants d'un carrosse.

C'est dire comme la rude franchise, la fausse naïveté et l'aplomb de la palatine pouvaient terrifier des courtisans aussi fielleux que frileux.

Une partie de la correspondance de la palatine avec son père a disparu dans l'incendie du château fort d'Heidelberg par les troupes françaises en 1689 du vivant même de la palatine.

Les ruines de ce château, jamais reconstruit, dominent encore la ville, symbole précoce et ambigu de relations franco-allemandes vouées à la complexité.

Pour imaginer une reconstitution de cette correspondance perdue, Francoise Chanterminator a relu les chroniqueurs et les commères du temps à commencer par le duc de Saint Simon et madame de Sévigné.

Mais elle a aussi eu accès à des sources inédites, comme ces mémoires de Georges Lucas, valet à la cour, restées à l'état de manuscrit et retrouvées dans l'enfer de la bibliothèque nationale.

Elles avaient été transférées là depuis la forteresse de Pignerol sous le directoire.

Leur curieuse reliure métallique en forme de masque avait attiré son attention.

A tout prendre c'était cependant là une forme moins étrange et moins amusante que l'étui dans lequel Sade passe pour avoir enfermé le manuscrit des bien nommées "120 journées de Sodome" lorsqu'il séjournait à la Bastille aux frais de la couronne.

Françoise Chanterminator a une tendresse particulière pour ce livre qu'elle présente ainsi

« J'ai écrit ce texte en état de transe, en pleine ivresse créatrice, je ne sais même plus ce que j'ai fait, lu, bu ou vu la veille"»

On veut bien la croire.

Et d'ajouter « Je ne me relis jamais, en littérature comme partout ailleurs, c'est toujours le premier jet qui est le meilleur »

Jean-Pierre Déchénement
commenté par
Daniel Conn Faivite et Fashiona Victi

Dernier ouvrage publié : « La France finit t'elle ou commence-t-elle à Strasbourg ? »

Pour la revue «commentaires» Jean-Pierre Déchénement a accepté de résumer les thèses principales de son nouvel ouvrage à succès "Faut-il achever ce qui reste de la France ? " et Daniel Conn-Faivite de les commenter. Afin de ne pas laisser le monopole de ce débat à la gauche, même s'il la divise, Fashiona Victi, ex-garde des sceaux et tête de liste UMP aux dernières élections européennes a accepté d'apporter sa contribution sous forme d'un court billet. Un débat roboratif et sans aménité.

Jean-Pierre Déchénement

Notice biographique:

Jean-Pierre Déchénement a eu plusieurs vies.

Leader de l'aile gauche de ce gros volatile qu'était le parti socialiste, il a tellement agité cette aile qu'il a fait souvent trébucher l'oiseau.

Ministre vigoureux de la recherche, de l'industrie, de l'éducation et de la défense entre autres, il a prôné successivement la reconquête du marché intérieur, le chant de la marseillaise en classe, et le non-engagement de ses troupes. Avec le succès que l'on sait.

Il a surtout eu une deuxième vie, non pas extra conjugale, mais post-opératoire.

Rescapé d'un terrible accident d'anesthésie au curare, survenu au Val-de-Grâce, il a connu une résurrection qui a décuplé son énergie, à défaut, hélas, de renouveler sa thématique.

Portraits crachés

"Le constat : une France qui n'est plus maîtresse d'elle-même:

Nous avons perdu la guerre de 100 ans, puisque c'est la City de Londres qui règne sur les esprits à Paris, d'est en ouest, de Bercy aux tours de La Défense.

Plus grave encore, nous avons perdu la bataille d'Austerlitz, puisque nous avons abdiqué face aux Allemands réunis et aux russes régénérés, pour qui la nation, idéal vivant et incarné, a remplacé des idéaux plus vastes, mais plus abstraits.

Pire enfin, nous vivons, comme le Japon de MacArthur, dans une France libérée physiquement certes mais où les Américains auraient, sinon imposé leur gouvernement militaire, du moins leurs modes, leur musique, leurs films, leurs valeurs, leur culture, leur matérialisme à tout crin et la bigoterie qui paradoxalement l'accompagne, leur appétit sans limite pour le lucre et leur confiance aveugle dans les vertus du marché et de l'initiative individuelle.

Nous ne sommes plus nous-mêmes.

Ce qui modèle notre vie ne se décide plus à Paris, mais à Bruxelles, New York, Washington, Londres ou Francfort où les cinq à la fois.

Bref les cinq têtes de l'hydre de l'anti-France, liguées dans un complot contre notre essence, comme le disait si prémonitoirement Gotlib et Alexis dans leur admirable « Super Dupont ».

Le « Financial Times » et « The Economist » en sont les porte-parole officieux, le « Bild Zeitung » l'organe de propagande et «Le Journal Officiel des Communautés Européennes », l'exécuteur des basses œuvres.

Nous pourrions, tout aussi bien, nous appeler la « Grande Wallonie », le cinquante deuxième État de l'Union, la cinquième province du Royaume Uni ou le Land d'Ost Elsass.

Il nous faut réagir, s'il n'est pas déjà trop tard.

Il ne faut pas laisser Strasbourg sous le feu des canons budgétaires et monétaires allemands.

Portraits crachés

Il faut fermer le pont de Kehl, restaurer et prolonger la ligne Maginot jusqu'à la mer du Nord, rebâtir le mur de l'Atlantique, bouter les Anglais du Périgord hors de France et, pour faire bonne mesure, faire patrouiller des torpilleurs sur le lac Léman car il ne faut pas oublier les gnômes de Zurich, ces supplétifs de l'anti-France.

Vous n'aurez pas l'Alsace et la Lorraine, vous ne reverrez pas ma Normandie.

Et si, par malheur, la France devait tomber tout entière, Belfort, lui, tiendrait comme il l'a fait en 1870 sous le commandement de Denfert Rochereau.

À chaque époque, son lion.

S'il n'en reste qu'un, je serai celui-là, comme Hugo à Guernesey.

Et regardez ce qu'il lui est arrivé : Napoléon le petit est tombé et Hugo, rentré en triomphateur, a eu quelques années plus tard des funérailles nationales.

Il faut être lucide je n'en suis plus très loin.

Regardez les larmes de crocodile qui ont accompagné l'enterrement de mon compagnon de route de l'autre bord, Philippe Séguin, devenu un saint, après avoir était traité comme un paria.

Sous les roses du catafalque, les épines. C'est pour ça d'ailleurs que j'ai choisi le PS.

Mais assez parlé de moi, qui ne suis qu'un messager, parlons de l'essentiel, du Message, de la France.

La solution : un programme d'union et de progrès, le retour aux fondamentaux de la République

On le sait peu, mais j'ai exercé, à temps perdu, et notamment immédiatement après ma sortie de l'ENA, un autre métier que la politique, celui d'attaché commercial.

J'ai dû, aussi, en tant que ministre me rendre parfois, contraint et forcé, à Bruxelles et ailleurs à l'étranger.

Je vous le confirme : il n'y a rien de bon en tirer, sauf peut-être chez quelques leaders nationalistes qui ont su, par leur énergie et par leur durée, incarner, à eux seuls, l'âme de leur pays.

Je ne tomberai pas dans le piège de les nommer car beaucoup d'entre eux ont quelques problèmes en ce moment et l'anti-France me ferait grief de le soutenir et essaierait par ce biais de jeter le discrédit sur mes thèses, comme elle le fait depuis que j'ai soutenu publiquement les déclarations, pourtant bien innocentes, d'Eric Zummour sur la délinquance.

Portraits crachés

De l'étranger donc, rien, ou presque, à attendre.

Permettez-moi de reprendre le mot du Grand Jaurès sur l'internationalisme en le déformant un peu, une fois n'est pas coutume. Jaurès disait "un peu d'internationalisme éloigne de la patrie, beaucoup d'internationalisme y ramène".

Je dirais, pour ma part, qu'un peu de contacts avec l'étranger donne la nostalgie de la Patrie :-qu'est-ce que la saucisse de Francfort à côté de la saucisse de Morteau, rien, moins que rien !-et que beaucoup de contacts avec l'étranger nous montre à quel point la France est merveilleuse.

L'Hexagone est une forme parfaite, symétrique, équilibrée, dessinée de toute éternité.

Il offre tous les paysages que l'on peut trouver sous un climat tempéré.

Il a donné naissance à un art de vivre unique, une littérature exceptionnelle, une civilisation qui a longtemps été le phare du monde, des croisades, où le français était la langue de travail, aux années 30 du siècle dernier, pour faire simple.

Ce n'est pas à l'étranger d'inspirer la France, c'est à la France de porter les lumières de sa civilisation au monde, comme elle l'a fait sous Saint-Louis en Orient et sous Louis XIV et Napoléon en Europe.

La France n'a plus les moyens de faire et je le déplore.

Qu'on la laisse au moins tranquille.

L'hexagone est une forme parfaite, disais-je et la République, la seule, la vraie, la IIIème République d'avant 1914 est son incarnation la plus achevée.

Il faut revenir aux fondamentaux de cette République car c'est après elle qu'a commencé notre déclin.

En quoi consistent ces fondamentaux?

Ils s'incarnent dans l'action de quelques grands hommes : Jules ferry, Jules Méline, Georges Clémenceau, Adolphe Thiers, et Emile Combes, entre autres.

Tout commence, bien sûr, par l'Education.

L'éducation c'est notre âme. Elle conditionne toute la suite, à commencer par la sécurité des citoyens et des biens.

Il suffit de rapprocher la carte des ZEP de celle des statistiques de la délinquance. Je l'ai fait car j'ai exercé dans les deux ministères compétents. Elles correspondent exactement.

Portraits crachés

Quand j'étais ministre de l'éducation, j'ai rétabli les cours d'éducation civique, et suggéré, sous les huées et les lazzis, de rendre obligatoire le chant de la Marseillaise tous les matins. Eh bien je réalise aujourd'hui, avec le recul, que j'ai été alors trop timide.

J'aurais dû ajouter pour commencer le hisser quotidien des couleurs et le salut au drapeau, comme cela se pratique par exemple en Égypte ou en Corée du Nord- vous voyez bien, par ces exemples, que je suis nationaliste, certes, mais pas xénophobe-.

Il faut revenir à l'école des hussards noirs, celle de Jules Ferry. Il faut que le maître et les élèves soient en blouse grise et ce jusqu'à la terminale.

Cet uniforme gommera l'inégalité sociale exhibée par les vêtements de marque et soulagera d'autant le budget des familles les plus modestes.

Il incitera les jeunes filles à la modestie et les jeunes hommes à briller par leurs qualités intellectuelles plutôt que par tel ou tel crocodile adornant leur poitrail.

Pour les mêmes raisons, la coupe au bol deviendra obligatoire pour les garçons et celle à la Jeanne-d'Arc, notre héroïne nationale, pour les filles.

Là encore, modestie, simplicité, économie égalité, de vraies valeurs Républicaines.

Les châtiments corporels, en particulier celui de la règle sur les doigts et le bonnet d'âne seront rétablis. Les internats seront généralisés, et, pour les élèves les plus indisciplinés, munis de barreaux et encadrés par d'anciens militaires.

Le brevet sera rebaptisé certificat d'études. La liste des départements et des chefs-lieux sera remise au programme. Pour compenser les heures, on supprimera du programme de géographie l'étude des pays étrangers, parfaitement inutile, sauf, bien sûr, celle des anciennes colonies françaises.

Le Mallet et Isaac et le Lagarde et Michard redeviendront les piliers de notre enseignement. L'éducation sexuelle sera intégrée dans les "leçons de choses" qui seront rétablies.

Je développe dans mon livre de nombreuses autres propositions novatrices et de progrès pour l'Ecole.

En second lieu la politique monétaire et douanière, parce que la monnaie, c'est le sang de notre corps national et les droits de douane, ses anticorps.

Les politiques monétaire et douanière sont aussi le symbole parfait de notre abaissement présent.

Portraits crachés

La politique des changes et du taux d'intérêt se décide aujourd'hui à Francfort et celle des droits de douane à Bruxelles. Ces derniers ont disparu vis-à-vis de vingt-six et sont très bas vis-à-vis du reste du monde.

Halte-là ! Stop ! Temps mort ! Que dis-je : fin de partie !

Pour régénérer la France, il faut immédiatement revenir au franc et même au franc-or.

Il faut aussi réinstaurer des droits de douane aux frontières de l'Hexagone en particulier pour les produits agricoles. Il faut revenir au tarif Méline de 1892, comme Méline lui-même était revenu était revenu sur les tarifs libéraux du second empire.

Il faut aussi revenir au franc fort, ce legs durable de Napoléon. Ce legs qui, à deux reprises en 1849 et en 1871 avec Adolphe tiers a rétabli la confiance en un État en complète faillite et étranglé par sa dette, comme il l'est aujourd'hui. Il faut au passage rétablir également la rente perpétuelle.

Grâce à cette politique, merveilleuse de sagesse, les réparations de guerre de 1870 qui auraient dû entraîner la France dans l'abîme, comme elles ont entraîné l'Allemagne cinquante ans plus tard, sont passées comme une lettre à la poste -la poste d'avant Sarkozy et Besancenot.

L'emprunt destiné à les financer a été sur-souscrit quatre fois et les finances de la France sont restées prospères jusqu'en 1918, les bons de défense nationale -autre institution à rétablir- ayant pallié une gêne momentanée.

Oui, à nouveau, la IIIème République montre la voie.

Les petits esprits diront que c'est contraire aux traités européens.

Certes.

Et alors?

L'histoire est jonchée de traiter non respectés, de « chiffons de papier » comme disait Von Schlieffen, en violant la neutralité de la Belgique en 1914.

C'est même pour cela que l'on passe son temps à refaire de nouveaux traités.

Les traités européens seront renégociés. Et si cela n'est pas possible on en sortira.

Qui oserait prendre des mesures de rétorsion contre la France, cinquième puissance mondiale et puissance atomique ?

Soyons sérieux, personne !

Pas de panique, Maréchal McMahon nous voilà !

Etc. ...»

«N'importe quoi,
ou les ravages du curare et du Mallet Isaac réunis»

L'opinion de Daniel Conn Faivite

La preuve en est faite. La médecine militaire est bien la médecine ce que la musique militaire est à la musique.

Il y a des coups de bistouri qui se perdent.

Je plaisante bien sûr, car je ne ferai pas de mal à une mouche. Ce ne serait pas écologique.

Mais là, quand même !

Jean-Pierre Déchénement, un homme, par ailleurs sympathique, abuse.

Il serait temps qu'il raccroche.

Comme disait Boileau à propos de Corneille, cité dans un de ses Lagarde et Michard que j'ai brûlés en 68 "après Agésilas hélas, après Attila holà".

Et nous vivons précisément sous un descendant d'Attila, le petit Nicolas, version Reiser ou Vuillemin plutôt que Sempé.

J'ai pris connaissance pour la première fois du livre de Jean-Pierre Déchénement «Faut-il achever ce qui reste de la France?» par le biais d'un collègue facétieux qui en avait photocopié quelques pages, en dissimulant soigneusement le nom de l'auteur.

J'ai cru avoir affaire au programme économique du Front National et lui ai jeté à la figure.

Loin de moi la pensée que ces convergences idéologiques soient liées à une stratégie d'alliance volontaire ou même au plaisir de détruire un ennemi commun.

Mais le résultat est là.

Après avoir privé la gauche des voix nécessaires à sa présence au second tour en 2002 et donné au Front National une importance qu'il n'aurait jamais dû avoir, le voici qui prône exactement le même programme économique, soutient un polémiste attribuant l'essentiel de la délinquance aux Arabes et aux Africains et défend certaines positions sociétales révolutionnaires, mais au sens étymologique du terme c'est-à-dire retournant au point de départ.

Portraits crachés

Cette "pensée" qui se voudrait socialiste et n'est au plus que nationale, n'est pas si originale que son auteur le croit.

Jean-Pierre Déchénement, qui cite à tout propos, et souvent hors de propos, l'histoire de France devrait s'intéresser aussi à celle de sa grande voisine. Elle est riche d'enseignements.

En fait, sans l'avoir probablement jamais lu, Jean-Pierre Déchénement reprend, dans une large mesure, les thèses d'Ernst Niekish, père du concept de "national-bolchevisme" sous la république de Weimar.

Il s'agissait d'une tentative d'unifier sur des positions nationalistes,- on dirait aujourd'hui "souverainistes"- la contestation d'extrême droite et d'extrême gauche contre une pratique gouvernementale jugée pacifiste et modérée donc timorée et défaitiste.

Il y a chez Niekish la même fascination que chez Déchénement pour l'État comme incarnation de la nation, le même dirigisme, la même rhétorique enflammée, la même obsession Spenglérienne du déclin, la même convergence tactique avec l'autre bout du « fer à cheval » politique.

Ces thèses ont inspiré deux périodes de rapprochement entre le parti communiste allemand le KPD et d'extrême droite en 1922-23 et en 1932-33.

A cette époque le KPD jugeait à tout prendre le NSDAP plus fréquentable que le SPD.

Question de goût…

Cette attitude imbécile et criminelle, a d'abord chassé du pouvoir les centristes de Bruning, remplacés par la droite conservatrice dure en la personne de Von Papen.

Il y a eu ensuite une tentative mort-née de faire vivre ces thèses national-bolchevistes avec Von Schleicher et tout cela a abouti pour finir à l'arrivée, légale, au pouvoir d'Adolf Hitler.

Beaux résultats.

Et sans aucun rapport avec la situation française présente bien sûr, puisque rien de tout cela n'a eu lieu un 21 avril.

Ah si, quand même, la nuit des longs couteaux qui a éliminé entre autres Von Schleicher, a eu sa version française, une version bricolée et seulement mimée, car, en bon haut fonctionnaire, et en bon marxiste de salon, Jean-Pierre Déchénement n'a jamais su que mimer.

Portraits crachés

Cela s'appelle le congrès de Metz, en 1979.

Et qu'est-il advenu de Niekish dans tout cela ?

Eh bien comme Jean-Pierre Déchénement, il a survécu au désastre provoqué par ses propres thèses et ne s'est même pas repenti, du moins pas tout de suite.

Fidèle à lui-même, Il est passé directement de l'Allemagne Nazie à la RDA avant de s'enfuir, enfin calmé, à l'ouest ,en 1953.

Mais Jean-Pierre Déchénement, lui, ne se calme pas, et persiste et signe avec son dernier opus.

Nous n'en avons pas fini avec ces thèses douteuses puisqu'elles sont aujourd'hui au pouvoir en Russie avec Poutine là encore un admirable exemple.

Mais en France, nous n'avons ni pétrole ni gaz, pour nous permettre ces fantaisies.

 Quant aux idées, s'il ne nous reste que celle de Jean-Pierre Déchénement alors oui, je réponds, "oui" à sa question : il faut nous achever!

Non vraiment, il y a des résurrections regrettables comme disaient les Romains en Galilée.

 On voit bien que le curare (en un ou en deux mots) ne tue pas à tous les coups mais qu'il ramollit toujours.

Le billet de Fashiona Victi
(envoyé par SMS d'un TGV Strasbourg Paris)

L'avenir de la France ne peut absolument pas se jouer à Strasbourg, ça n'a pas de sens.

D'abord parce que c'est trop loin de Paris et que les horaires d'Avion comme ceux des TGV sont horribles : on doit se lever aux aurores pour attraper l'avion ou le train pour toucher l'indemnité journalière et une fois celle-ci empochée on n'est même pas sûre d'être de retour à Paris pour le milieu de l'après-midi…

 Le parlement est à l'écart de la ville, au milieu de nulle part, mais de toute façon le centre-ville ne vaut guère mieux : pas de succursale Baby Dior pour habiller ma petite Zoubida, pas de boutiques Chanel, Louboutin, Boucheron, Van Cleef, Bulgari, pas même une échoppe Ladurée pour se sustenter pendant le shopping.

Portraits crachés

Non rien, juste trois Rolex et un carré Hermès qui se battent en duel dans la vitrine la boutique de l'aéroport, grande comme un kiosque à journaux parisiens.

Même pas une tête de gondole Hédiard ou Fauchon au Monoprix, juste des cartes de restaurants avec des noms de spécialités imprononçables, j'en passe et des pires.

Non vraiment, tout cela n'a aucun sens.

L'avenir de l'Europe ici ?

Pourquoi pas la Fashion Week à Guéret, tant qu'on y est!!!

☹ F.V

Etc…

Paulo Couhello

Dernier ouvrage publié: "Mon Aleph dans ton Tau"

Le brésilien d'Offenbach dans "la vie parisienne" (vous vous souvenez "Paris, Paris je te reviens encore, ah,ah ah," etc) est toujours là.

Mais aujourd'hui il ne fait plus fortune dans le caoutchouc, dont les cours sont devenus trop élastiques, comme le dit si excellemment le professeur Plantu, mais dans le soja OGM, planté sur la forêt amazonienne, fraîchement déforestée.

Son refrain n'est donc plus "Allons voir chez Métella, je veux m'en fourrer, fourrer jusque-là... " mais "Allons avoir chez Monsanto, je veux m'en fourrer, fourrer jusqu'en haut... ".

Cela n'empêche pas le mysticisme, à condition bien sûr, qu'on puisse en faire un business rémunérateur.

A preuve Paulo Couhello le célèbre auteur, aujourd'hui à la tête d'un véritable empire éditorial new age et président d'une fondation- détaxée- pour les nécessiteux spirituels qui sont beaucoup plus nombreux qu'on ne le croit.

Surtout après la ménopause, mais pas seulement.

Certes son symbolisme est un peu lourd et il se conjugue paradoxalement avec une totale absence de décors et de références historiques.

On est bien au moyen âge mais plutôt celui de l'heroïc fantasy chez Deconan le barbare par exemple que dans celui de Bloch ou même de Pernoud.

Les critiques latinos-américains toujours en mal de métaphores vaseuses et d'horreurs à écrire sur les grands voisins brésiliens ont pu dire que son style était lisse comme une parcelle de jungle fraichement défrichée qui n'a pas encore connu la semence.

D'autres encore que sa prose était aussi limpide que l'eau de l'amazone ayant rencontré successivement le mercure des chercheurs d'or, l'usine de pâte à papier et ses rejets, les alluvions du bassin et pour finir le barrage hydro-électrique a pots de vins et à villages indiens noyés. "

Portraits crachés

« Vous auriez préféré qu'elle soit insipide comme l'eau d'une rivière dévalant des Andes, donc une rivière péruvienne" avait répliqué finement Paulo mettant ainsi fin à la polémique.

Peu importe.

Il a redonné espoir, non seulement aux ménagères ménopausées, mais aussi aux jeunes déboussolés.

On a les Herman Hesse qu'on peut.

 Ses ventes par millions dans le monde entier ont relancé le secteur jusque-là marginal de l'édition ésotérique.

On a pu parler à juste titre avec lui de coup de pied occulte au monde de l'édition.

Paulo couhello est donc véritable phénomène littéraire et spirituel que ses admirateurs n'hésitent pas à surnommer "l'Amazone de la pensée ".

 Mieux encore, c'est un magicien.

 Là où les alchimistes, sur lesquels il a tant écrit ont échoué, lui a découvert comment accomplir, jour après jour, page après page, l'ultime transmutation.

 Transformer la merde en or.

André Compte Scovidde

Dernier ouvrage publié :« vivre et laisser mourir »

André Scompte Scovidde est aussi épris de clarté que l'étaient ses maîtres, Louis Alstrangler et Roland Farthes.

C'est également un fin exégéte de Jacques Lacon ("Comment-vas-tu-yau-de-poële expliqué à ma fille", Presses de l'Ecole Normale d'Instituteurs de Melun[6], 1984) puis le succès venant, des diarrhées verbales de Jacques Débridat ("French theory as a big ideological splash ", Princeton University Press, 2007).

André Compte Scovidde est passé des patron(n)ages successifs de la Jeunesse Etudiante Chrétienne (JEC) et de l'Union des Jeunes Communistes (UJC), pour finir avec le patronat, comme conférencier attitré du MEDEF, sans cependant laisser tomber le ge/je, au moins phonétiquement.

Il a connu, en somme, le parcours à 180 degrés, classique et, finalement terriblement banal, des intellectuels français du dernier tiers du XXème siècle..

De l'idéalisme totalitaire irresponsable des cheveux longs, au reniement pragmatique et un peu sordide des cheveux blancs, à mesure que, le succès venant, les droits d'auteurs affluaient sur son compte en banque.

Cheveux blancs, mais teints, plateaux de télévision (confidentiels et à des heures tardives, mais quand même) obligent.

[6] Aucun dédain de la part de l'auteur de ces lignes pour cette onorable école ou André Compte Scovidde a enseigné . L'Education Nationale, dans sa modernité, prend en effet au mot ce que les trotskystes et maoïstes purs et durs des années soixante -soixante-dix prônaient et parfois même pratiquaient l' »établissement ». En clair, une longue période de travail en usine pour les intellectuels, histoire de les ramener aux réalités ouvrières. C'était il y a longtemps, quand il y avait encore des usines, et des ouvriers. L'Education Nationale offre donc à ses meilleures recrues la version tertiaire de cette intéressante tradition, en envoyant ses normaliens et ses agrégés en début de carrière en ZEP, faire, au pire, de la garderie musclée, au mieux de l'alphabétisation. L école normale d'instituteurs de Melun a marqué pour André Compte Scovidde un purgatoire, entre l'enfer des collèges du nord et le paradis des postes universitaires parisiens. L'auteur de ces lignes est passé, lui aussi, entre les mains de quelques-uns des ancien(ne)s élèves de cette école normale d'instituteurs, formé(e)s dans les années 30-50 à coup de Boscher, d'André Siegfried et de Mallet et Isaac. Entre la glaise collant aux sabots d'Alain et la cire des ailes cradée cet Icare intellectuel qu'est André Compte Scovidde, il n'a pas eu à choisir, étant trop vieux et il le regrette. Eric Drouay, melunais comme lui, et comme, un temps, André Compte Scovidde, a eu cette chance et cela se voit. Notons également en passant qu'Anna Tavalda enseignait dans ces années-là (1980-84) au collège voisin de Voisenon. Elle et André se sont peut-être croisés dans une des rares brasseries sympathiques de Melun ou, caddie contre caddie, au Carrefour de Villiers en Bière et à son Flunch. Rencontre possible et pourtant improbable, comme celle de Céline et de Cohen dans la Genève des années 30, et qui aurait pu nous donner des chef-d'œuvres tels que « Traité du désespoir: ensemble c'est tout« ou « L'inconsolable et la consolante «

Portraits crachés

La seule originalité de ce parcours est le long passage par le parti communiste, comme un compagnon de route des années trente-cinquante, en pleines années soixante-dix, à une époque où ses pairs faisaient plutôt dans le mao-spontex.

Ce côté « Aragon-Picasso-Ferrat-Marchais-El Kabbach » donne à sa pensée fluctuante, un petit côté vintage extrêmement attachant.

Et l'assurance inoxydable du stalinisme comme méthode ainsi que la capacité de toujours retomber sur ses pieds, tel un chat, par dialectique interposée.

Grâce à ses nombreux best sellers, entre autres le «Grand traité des petites vertus » et « De l'autre côté du désespoir : Introduction à la pensée de Svâmi Sar rabbindranath», André Compte Scovidde est aujourd'hui, avec Michel Confray et Luc Sherry, l'un des principaux «French coffee table book philosophers and polygraphs » comme les a appelé admirativement le magazine américain Atlantic Review.

Ni Socrate, ni Kant n'ont eu de si vastes auditoires.

C'est dire l'importance de ce court ouvrage, publié dans la collection »tracts» de Shallimard, la bien nommé, dusse John Henry Newman s'en retourner dans sa tombe anglaise gazonnée.

 André Compte Scovidde, reprenant la tradition pythagoricienne du sage dictant la politique de la cité, y prend le contre-pied de toutes les politiques de santé publiques de santé suivies, dans le monde entier, contre le Covid 19.

Toutes sauf deux, celles de ses héros, si mal jugés, les présidents Trump et Bolsonaro.

La plupart des arguments d'André Compte Scovidde ne sont pas d'ordre éthiques ou philosophiques, mais économiques et démographiques.

Quand on lui demande pourquoi il est qualifié pour les invoquer, il répond que les économistes font, sans se gêner aucunement, de la philosophie.

 En effet ils prescrivent, qui plus est, avec l'assurance que leur donne leur soi-disant science, comment il faudrait idéalement que les individus se comportent et gèrent la Cité.

 Soit exactement ce que faisaient Platon, Aristote et Pythagore en leur temps.

Pourquoi la réciproque ne serait-elle pas vraie et ne laisserait-on pas les philosophes parler d'économie ?

Portraits crachés

Certes André Compte Scovidde n'a pas lu Keynes, Friedman, Samuelson ou Krugman

Mais il a lu « l'économique » de Xénophon.

et qui a jamais dit que Kant et Kierkegaard avaient dépassé ou annulé définitivement Démocrite où Socrate ? personne !

CQFD.

Et d'ajouter fielleusement que la directrice de la Banque centrale Européenne n'a pas, elle non plus, de diplôme d'économie, ce qui ne l'empêche pas d'en faire, au plus haut niveau qui plus est .

Elle a fait seulement du droit, comme l'idole d'André Compte Scoville, Aristote, qui dans « Le politique» a comparé par disciples interposés (la tradition universitaire d'exploitation des thésards a des racines profondes), les constitutions de plus de six-cent cités grecques.

Certes, il en a conclu d'abord que Massilia, l'ancêtre de Marseille, avait la meilleure constitution, ce qui prouve que même un grand philosophe peut se laisser abuser par des galéjades.

Des ostraca … allons donc ! Encore eusse-t'il fallu que les massiliotes sussent lire et écrire pour inscrire le nom du banni sur le tesson ! Tessons dont l'accumulation a du boucher l'entrée du port et fendre le coeur à l'éphore chargé de la marine de la cité, dont on a retrouvé la tombe, un certain Panis.

Accessoirement Aristote a entrepris ce grand oeuvre au moment -même où les cités, y compris en Grèce propre, perdaient toute signification réelle avec l'émergence des royaumes héllénistiques, dont Aristote ne souffle mot.

Mais le stagyrite avait aussi des vues affirmées sur l'histoire contemporaine. Ainsi conseillait-il à Alexandre d'être impitoyable avec les perses puis d'aller se frotter aux romains, alors en pleine émergence. Un vrai visionnaire don,c et un maître à la pensée éternelle.

Mais il en faut plus que ce genre de « détail de l'histoire », comme disais je ne sais plus qui, pour arrêter André Compte Scovidde.

Aristote était également zoologiste (l'hibernation des oiseaux) et médecin-anatomiste (le coeur siège de la conscience). On ne sait pas, dire vrai, pas si Aristote était aussi épidémiologiste, puisque beaucoup de ses livres, ont été perdus. Dont celui sur le rire, évoqué par Umberto Ecco dans « Le nom de la rose », intéressante coïncidence.

En tout cas, il n'a pas eu la chance, comme Thucydide, d'assister à la grande peste d'Athènes, pendant la guerre du Péloponnèse. Cela nous a peut-être privé de considérations admirables, sages et toujours actuelles.
André Compte Scovidde, lui, a eu la chance de développer une pensée puissante et originale à l'occasion d'une épidémie.

Si puissante qu'elle s'est répandue - c'est le mot- comme une trainée de poudre sur les réseaux sociaux pendant le confinement, puis après, de proche en proche, de bouche contaminée à oreille réceptive.

Partant de cette éternelle sagesse grecque, qu'est ce qui pourrait empêcher André Compte Scovidde (qui est peut-être le nouvel Aristote, comme BHL est notre nouveau Chateaubriand et notre nouveau d'Annunzio, Benghazi vaut bien le Trocadero et Fiume) d'être épidémiologiste ?

C'est tout naturel, pourquoi donc en faire un tel raout ?

Notons également l'adaptabilité et l'agilité intellectuelle d'André Compte Scovidde. Ses adversaires diront sa ductilité voire sa duplicité.

Propos d'envieux.

En effet, bien que les thèses qu'il développe soient directement inspirées d'un darwinisme social, clairement revendiqué, voire d'un eugénisme à l'Alexis Carrel (prix Nobel comme Konrad Lorenz, les jurés du prix, comme la Suède toute entière n'ayant pas toujours échappé à la fascination du pas de l'oie) il a supprimé les deux mots « darwinisme » et « social » de la version anglaise de son petit livre.

Il les a remplacé par une métaphore nietszchéo-lorenzienne « survival of the toughest« (et pas « fittest » là encore trop darwinien).

 En effet le livre, découpé en articles, a été traduit et « syndiqué » par les Journaux du groupe Murdoch, liés à la chaîne Fox News.

On a les fans qu'on mérite.

 Cela devrait se traduire bientôt par une tournée de conférences triomphale d'André Compte Scovidde dans les universités créationnistes du sud des Etats Unis et évangélistes -tout aussi créationnistes- du Brésil.

Là-bas, on a la gâchette facile, l'esprit religieux littéral et une foi absolue dans le marché. Les mots « darwinisme « et « social » y sont des blasphèmes et leur conjonction, par un paradoxal oxymoron, un blasphème au carré.

Blasphème au carré qui vaudra, à coup sûr, au tireur impulsif l'acquittement pour cause de provocation et de légitime défense.

Un philosophe fulgurant et courageux, mais pas téméraire donc.

D

comme

Dantzig (Charles)
Debray (Régis)

~ 91 ~

Charles Gdansk

Dernier ouvrage publié: "Le livre du pas grand-chose, du rien du tout et du n'importe quoi"

Charles Gdansk est un adepte de la "littérature des listes", un genre mineur et peu pratiqué, dont les plus illustres représentants sont le chinois Li Yi Chan (813-858) la japonaise Sei Shonagon (966-1025) et le français Jacques Prévert (1900-1977).

Il s'agit de textes assez courts, sur d'apparentes futilités.

Il y a chez Charles Gdansk du Francis Ponge, dont un des collègues poètes disait plaisamment :

"Il pourrait chier une pendule sur un simple bracelet montre ".

Mais comme il a écrit 800 pages de ces listes, il y a aussi en lui de l'Umberto Ecco, qui disait de lui même après le succès du "Pendule de Foucault" :

"Ma, si zé récopiais l'annouaire, z'en vendrais encore 200.000".

Si l'inspiration est au rendez-vous, ces listes ont des fulgurances poétiques et une grande puissance d'évocation.

Sinon, on sent parfois l'exploitation mécanique d'un procédé littéraire un peu facile.

Pour cette "liste de Nicolas", nous laisserons le lecteur juge.

.

Liste de Nicolas

Une paire de talonnettes

Un podium

Mireille Mathieu sur la place de la Concorde

Une fête au Fouquet's' entre intimes

Se lever tôt pour travailler tôt mais sur un yacht

Un T-shirt NYPD mouillé de sueur

Portraits crachés

Une rencontre chez Seguela

Un bibi a la Jackie Kennedy

Une photo de groupe a Bruxelles, soit tout devant, soit sur le gradin du haut, mais toujours bien au milieu

Un verre de vodka a Saint Pétersbourg

Une épaule qui tressaute

Un "casse toi pauv'con"

Une tribune, où tout le monde mesure moins d'un mètre soixante-cinq, dressée dans une usine

Un rendez manque dans une aciérie

Un bouclier

Une grande caravane derrière une Mercedes immatricule en Allemagne aux Saintes Maries de la mer

Une tente dressée devant l'hôtel Marigny, deux infirmières bulgares et une infirmière ukrainienne

 Un dictionnaire Robert Dixel (noms communs et noms propres ensemble) ouvert à la page PER: Pérenne (adj, masculin): durable, Perrin Francis : comique laborieux, Perrin Marc : acteur à la voix suave et producteur talentueux.

Un immeuble HLM à Chalon sur Marne et une robe Dior

Un avion tout neuf avec un jacuzzi dedans

Une Rolex

Un stock de vaccins périmés

Un croc de boucher

 Une partie civile, avocat de profession "qui ne fera pas appel"

 Etc ..."

Régis De Brenne

Dernier ouvrage paru : « L'Europe, cet ectoplasme »

Régis De Brenne est, à l'échelle parisienne et germanopratine, un véritable spécialiste de l'Amérique latine puisqu'en 65 ans de vie et en 40 ans de publications, non- stop et sur les sujets les plus divers, il y a passé, au total 3 mois, en 3 fois.

La première fois, à l'âge, de 20 ans en crapahutant dans la jungle bolivienne avec le Che Guevara. L'expérience ne s'est pas avérée aussi romantique et exotique qu'attendu et il a fallu moult pétitions pour tirer le jeune inconscient de ce guêpier.

la seconde, à 50 ans, en accompagnant la femme du président d'alors, auprès d'un autre révolutionnaire, cagoulé et à pipe, aussi paradoxal que cela puisse paraitre.

De cette expérience en 4X 4, avec photographes et immunité diplomatique, il a tiré un livre illustré de 400 pages « Voyage en Palombie auprès du sous-commandant Narcos », aujourd'hui épuisé.

Quel dommage. Et quelle impéritie de la part de l'éditeur : priver le lecteur d'une oeuvre aussi essentielle, tout cela parce qu'elle s'est mal vendue. Quel comportement scandaleux !

La troisième fois, à l'âge de 65 ans, au Venezuela, et à Cuba pour observer, avec l'acuité et la profondeur qu'on lui connaît, le fonctionnement de l'Alliance Bolivarienne pour les Amériques » (ALBA), cette admirable entreprise d'intégration latino-américaine selon les idéaux du Libertador. Une expérience originale et révolutionnaire enthousiasmante.

Caramba, Bolivar, ça vous a une autre gueule qu'Alcide de Gasperi ou que Robert Schumann, non ?

Enfin à condition de ne pas se pencher de trop près sur la biographie de Bolivar, ce que je vous invite à faire. Google, Bolivar, Wikipedia et hop.

Régis de Brenne, lui, n'a pas fait ces trois clics. Il n'en a pas eu le temps, de meetings révolutionnaires en interview a Granma, de réceptions en cocktails , de Mojitos en Cuba Libre, de Partagas en Romeo y Julieta. Il était bien trop occupé.

D'ailleurs internet fonctionne très mal à Cuba. On se demande pourquoi.

Bref, enthousiasmé par l'ALBA, il l'a comparé à son retour à l'Union Européenne, cette misérable succursale de l'impérialisme gringo, ce ventre mou récemment amputé de son appendice infecté, le Royaume Uni.

Portraits crachés

En moins d'un mois, il en a tiré un livre, approfondi et magistral, de 48 pages, pas moins, « l'Europe, cet ectoplasme « que Shallimmard a aussitôt publié dans collection « tracts », la bien nommée.

48 pages, soit à peu près le dixième de la taille du dossier qu'avale quotidiennement l'ambassadeur de France à Bruxelles pour le COmité des REprésentants PERmanents (COREPER) de l'Union, comme ses collègues d'ailleurs, dont l'ambassadrice polonaise, qui l'avale, elle, au petit déjeuner.

Mais, c'est bien connu, les hauts fonctionnaires sont des besogneux. C'est pour cela que Régis de Brenne n'est resté que brièvement au Conseil d'Etat, où il avait été nommé maître des requêtes. Cela volait vraiment trop bas pour lui.

Et puis toute cette paperasse! Décidément rien n'a changé, pas même les titres des juges, depuis « Les plaideurs » de Racine, quelle médiocrité, quelle poussière. Et quel travail aussi peut-être.

La banque Centrale de Cuba,dont le Che s'était retrouvé bombardé gouverneur, après son retentissant « No soy un economista , soy un communista », ça vous a une toute autre gueule , non ?

En fait, on aurait dû nommer Régis de Brenne, non pas au Conseil d'Etat, mais à la Banque Centrale Européenne à la place de Christine Lagarde. Après tout ils n'ont ni l'un, ni l'autre de diplôme d'économie et sont donc également qualifiés.

Peut -être alors le réquisitoire du livre «L'Europe, cet ectoplasme » eut il été moins sévére.

Mais Emmanuel Macron n'a pas l'humour de Fidel avec le Che, ou celui de François Mitterrand avec Georgette Lemaire au Conseil Economique et Social. Ces technocrates sont d'un triste …

Le livre a eu un succès immédiat et mérité.

Auquel ne sont pas étrangers sa brièveté et ses opinions tranchées et donc accessibles à tous et bien dans l' »air du temps » comme on disait dans les années trente.

Ectoplasme ! Le capitaine Haddock, qui était dessiné par un belge doit s 'en retourner dans sa tombe.

Comme quoi, derrière un vieux néo-con, il y a toujours eu un jeune con.

Dans ce livre Régis de Brenne s'acharne sur l'Europe.

Sur l'Europe de la paix. Celle qui a évité à trois générations successives d' être mobilisées et d'aller s'entre-massacrer au front, comme les trois précédentes.

Portraits crachés

Sur L'Europe de la liberté et de la prospérité. Celle qui a tiré les pays d'Europe du Sud et de l'Est de la tyrannie de la misère et et l'Irlande de la misère et de l'obscurantisme.

Sur l'Europe qui freine par sa prospérité même et son souci de solidarité et de redistribution de la richesse Orban , Kascinsky ,Salvini et leurs émules.

Sur l'Europe des valeurs partagées (Etat providence, sécurité sociale, abolition de la peine de mort, charte sociale, bienveillance sociétale, une combinaison très rare hors du vieux continent).

Quel ectoplasme en effet.

Quel échec surtout.

Régis de Brenne est un visionnaire.

En bon ancien élève du quartier latin il préfère avoir tort avec Fidel Castro et Nicolas Maduro que raison avec Jean Monnet, Helmut Schmidt, François Mitterrand et Helmut Kohl.

C'est un choix.

Il préfère encore les frijoles, les piments et les cigarillos de sa jeunesse aux menus insipides des cantines des institutions européennes, les coups de fusils en l'air à l'étude sérieuse des dossiers et à la résolution des problèmes.

Il est vieux, mais il n'a pas su vieillir, contrairement à Daniel Cohn Bendit qui, lui, se satisfait de cette fade pitance, sans pour autant manger à tous les râteliers, qui plus est.

Régis de Brenne s'est fait le chantre d'un populisme de gauche (chercher l'erreur) et mieux encore d'un populisme germano-pratin (chercher l'erreur, *bis*).

Il réassassine, au passage, Jean Jaurès qui dénonçait le «chauvinisme imbécile et bas de ces misérables patriotes qui, pour aimer et servir la France, ont besoin de la préférer.» .

A chaque époque son Deroulède ou son Barrés. Son Rochefort plutôt, communard puis boulangiste.

S' il y a une cohérence dans son parcours, elle est auvergnate et chuintante . Il est passé du Che' au Chęv' (énement) puis au (melen)Chon , en attendant peut-être demain le Cio(tti). Voire, qui sait un jour de la (marion maré) Chal.

Dans son futur « gouvernement d'union de tous les patriotes », l'ange blond aura deux ailes une droite et une "gauche".

Portraits crachés

Nostradamus voisin de Salon, Carpentras, Orange, Vitrolles et autres places fortes des »patriotes» aurait pu écrire « des aisles de l'ange blond tomberonct deux plusmes, une à dextre, une à senestre « , en français moderne, une à droite, pour Eric Zemmour et une à gauche, pour Régis Debrenne.

On a les Céline et les Brasillach qu'on peut.

Regis De Brenne se croit original, mais il ne fait que reprendre les thèmes des nationaux bolchevistes, partisans du " fer à cheval " entre le KPD et les extrêmes droites, qui d'Ernst Niekish aux frères Strasser ont détruit Weimar, le SPD et les démocrates en général.

Mais il a sans doute séché les cours de normale Sup sur cette période.

Quand on écrit frénétiquement on n'a pas le temps de lire, d'apprendre et encore moins de retenir.

En définitive, quoiqu'il l'ignore sans doute, le vrai modèle de Régis De Brenne, c'est Ernst Rohm, lui aussi partisan d'une révolution populaire et, lui aussi, amoureux fou de la Bolivie.

Mais la comparaison est peut-être démesurée, voire excessivement flatteuse.

. Régis De Brenne est un révolutionnaire en pantoufles et bientôt en déambulateur.

 Les seules victimes qu'il ait jamais faites jusqu'ici sont les arbres qu'on a abattus pour éditer ses innombrables ouvrages.

Il pourra dire après le passage du Front national au pouvoir, la même chose que le géopoliticien et cartographe allemand Karl Haushoffer « je n'y suis pour rien, ce n'étaient que des mots et des dessins ».

 Ces propos peu amènes sur Régis de brenne peuvent paraître excessifs et tranchants.

Mais que diable, les révolutionnaires, même en pantoufles, n'ont pas le monopole des propos lapidaires et à l'emporte-pièce.

Les «fédérastes» comme les appellent élégamment les «patriotes» peuvent aussi voir rouge à l'occasion.

Mais passons sur ces querelles de chapelle, en espérant qu'elles n'allumeront pas de buchers.

 Des goûts et des couleurs (rouge, noir, bleu…) on ne peut juger.

 Mais un peu, si, quand même…

e

~ 98 ~

comme

Ecco (Umberto)

Portraits crachés

Umberto Secco

ou le syndrôme de l'annuaire téléphonique de Bologne

Interview au «Monde des livres« à l'occasion de la sortie simultanée en français de

« Apostille au nom de la feuille de rose » et de

« Pour une herméneutique palimpsestique de la surimilogie textuelle »

<u>Le monde des Livres (LMDM):</u> Alors Umberto Secco pourquoi deux livres en même temps ? Ils sont également sortis le même jour en Italie, il y trois mois, mais l'un s'est vendu déjà à 500.000 exemplaires et l'autre à seulement à 500.

<u>Umberto Secco (US):</u> Mais 500 pour un ouvrage théorique, c'est déjà beaucoup, ça veut dire que toutes les universités italiennes en ont fait l'acquisition, quelques anglo-saxonnes aussi. Je plais beaucoup là-bas, ça fait chic et canaille, plus que Barthes et Derrida, ils achètent ma théorie mais lisent mes romans.

Et ça veut dire aussi que toutes le bibliothèques des grandes villes de la péninsule se le sont aussi procuré.

Inutile de regarder les ventes chez vous, vous êtes tellement nombrilistes.

Et j'en suis plus fier que des 500.000 de l'autre.

<u>LMDL .</u> Ah oui, le syndrome de l'annuaire de Bologne...

<u>US :</u> Oui c'est vrai que j'ai dit ça dans un moment d'euphorie. Vous comprenez, pour un universitaire, vendre des livres, et en vendre beaucoup, ce n'est pas si commun.

C'est comme un puceau boutonneux qui parvient à séduire un top model, ça n'arrive presque jamais.

c'est vrai donc que, dans un moment d'euphorie, après le succès inattendu du «Nom de la feuille de rose » et de « La pendule de Jean Pierre Foucault » j'ai dit que, si je recopiais l'annuaire téléphonique de Bologne, j'en vendrais 800.000 exemplaires,.

Portraits crachés

Mais c'était un peu exagéré, 100.000 tout au plus, peut-être.

<u>LMDL</u> : Mais revenons-en à cette parution simultanée. Pourquoi un livre érudit et un roman destiné au grand public en même temps ?

<u>US</u> : Ha, ha, tout simplement la théorie et la pratique. Les concepts que j'expose dans le livre théorique, je les mets en pratique dans le roman.

Au lieu de parler de « mise en abimes » je vous parle des boucles d'oreille de la Vache qui rit où on voit la vache qui rit avec des boucles d'oreilles et ainsi de suite.

Au lieu de vous parler de déconstruction débridienne et de surimilogie du texte, je vous montre mon anti-héros Don Rulfo, s'acharner sur un texte et le re-besogner - au sens sexuel du mot, je n'ose pas dire « travailler » au sens obstétrique du mot- sans cesse jusqu'à le priver d'articulation, de substance, de sens, de logique interne, d'intérêt, tout en le laissant grammaticalement correct, au moins en apparence.

<u>LMDM</u> :. Vous avez dit déconstruction « débridienne », vouliez-vous dire « derridienne « ?

<u>US</u> : non absolument pas, c'est une allusion au Débrida, ce médicament providence des nourrissons constipés, pas à Jacques Derrida, mon estimé collègue. Encore que ce soit un peu la même chose : la logorrhée est une diarrhée verbale. Et le résultat en est également mou et informe.

Mais j'y reviendrai …

<u>LMDM</u> : Oui revenons en plutôt au roman.

Cette fois vous avez abandonné le héros du « Nom de la feuille de rose », le moine gyrovaque irlandais Cunny Lingus o' Kilkenny et sa quête mystique des insignes mystiques (trèfle et feuille de rose) de Saint Colomban sur les chapiteaux des églises romanes et dans les tavernes du continent. Et vous l'avez troqué pour deux nouveaux héros ou plutôt un héros, Pietro Della Prevessina, dit Pipino et un anti-héros, Don Rulfo.

Portraits crachés

Vous êtes à nouveau revenu au moyen âge, et pas n'importe quel moyen-âge: celui de l'Italie médiévale des guelfes et des gibelins, celui de la Sicile des Hohenstauffen et de Frédéric II, cet étrange monarque pré-renaissant et celui de l'Italie des confins, du Trentin, là où le monde germanique se frotte au monde latin, et le tout à fronts renversés, l'allemand, le tudesque plutôt, Rulfo, guelfe c'est à dire partisan du pape et l'italien Pipino, gibelin donc partisan de l'empereur.

Tout cela est un peu compliqué pour un lecteur français.

<u>US</u> : Je n'allais pas tout de même pas laisser Frédéric II de Hohenstauffen chez vous aux seuls bons soins de Benoist-Méchin

<u>LMDM</u>: Vous connaissez Benoist Méchin ?

<u>US</u> Pour un intellectuel italien de l'après-guerre, donc antifasciste, il importe de connaître et de lire la « littérature » d'en face, ça facilite la sécrétion des anti-corps.

Mais visiblement, aujourd'hui mon pays est immuno-déprimé …

<u>LMDM</u> : Vous aussi, vous avez l'air assez mal en point…

<u>US</u> : C'est la pancréatite, une saloperie sans rémission. C'est pour ça que je voulais absolument sortir ces deux livres en français et en anglais avant de m'en aller.

Mon cancer est une métaphore de la maladie qui ronge mon pays. Heureusement, pour mon pays au moins c'est rémissible, un grand coup de pied dans les urnes …

Bon, assez parlé de moi-même, revenons à mon couple anti-thétique Pipino et Don Rulfo.

Pipino a été chargé par Frédéric deux de Hohenstauffen, esprit renaissant, que tout passionne, d'écrire un traité sur les oiseaux.

Pourquoi ? eh bien pourquoi pas ?

Frédéric a bien écrit un traité sur la fauconnerie (« De arte venandi cum avibus») et fait une expérience sur des jumeaux immédiatement séparés de leur mère pour voir quelle langue ils parleraient d'abord, l'hébreu ou le latin.

Portraits crachés

Ni l'un ni l'autre, bien sûr, mais dans l'esprit du temps c'était une expérience logique, sinon légitime.

Bref dans son château mystérieux de Castel Del Monte, dans les Pouilles, cet édifice octogonal dépourvu de toute pièce fonctionnelle à commencer par les cuisines, Frédéric passait des heures allongé dans la cour centrale à observer le vol des oiseaux qui le fascinait.

Il y a d'ailleurs dans la nécropole royale de Montreale des chapiteaux datant de l'époque de Frédéric qui représentent Simon le Magicien essayant de voler comme à Saint Lazare d'Autun et ce n'est pas un hasard. Frédéric aurait peut-être vendu son âme, s'il l'avait pu, pour voler.

En tout cas le pape l'a accusé d'avoir vendu son âme pour récupérer Jérusalem du sultan d'Egypte sans coup férir, vente d'âme pour vente d'âme, autant pouvoir voler à l'occasion.

D'ailleurs dans l'introduction de son traité de fauconnerie, Frédéric commet le blasphème des blasphèmes, l'éloge de la méthode expérimentale et de sa supériorité sur l'autorité des anciens.

Une hérésie absolue pour la scholastique au moment même où elle atteint son apogée avec la synthèse aristoteliano–chrétienne de la Summa Theologica de Saint Thomas d'Acquin.

Le projet de traité sur les oiseaux confié à Pipino, qui aurait constitué une sorte de suite à « De arte Venandi cum avibus « ne pouvait que sentir le soufre au nez de l'église et du pape.

Il est resté d'ailleurs à l'index jusqu'en 1850 où on a redécouvert sa valeur zoologique systématique, pré-linéenne.

En plus Frédéric parlait arabe, pactisait avec les arabes, fréquentait des savants arabes, avait, en tant que roi de Bourgogne et Provence des sujets cathares, et en tant qu'empereur du Saint Empire Romain Germanique des sujets vaudois, non pas de suisses mais dans les vallées alpines, les disciples de Pierre Valdo, un réformateur avant l'heure.
Il est aussi bienveillant avec ses sujets juifs à une époque où son contemporain « Saint » Louis les rackettent.

Portraits crachés

Soufre, soufre et soufre encore.

Saint François d'Assise lui-même a échappé de peu à l'accusation d'hérésie et Saint Dominique de Guzman autre contemporain, fondateur des franciscains et père de l'inquisition dans sa forme finale, l'aurait bien rôti sur un bucher.

Epoque intéressante donc, où mes deux personnages ne sont que d'humbles pions.

 Bref voilà donc ce jeune moine érudit, repéré pour sa curiosité et son insolence, par Frédéric, dans le chapitre de la cathédrale de Palerme, chargé d'écrire une encyclopédie sur les oiseaux «de avibus et de avunculibus«.

<u>LMDM</u> : Mais c'est du Pasolini « Uccellacci e uccellini « avec Toto, qui d'ailleurs se passe à la même époque, celle de Saint François d'Assise, toujours lui …

<u>US</u> : Ah c'est vrai, mais non je n'y avais pas pensé, ou alors inconsciemment.

Parce qu'on est bien chez Pasolini mais pas celui-là, celui des « 120 jours de Salo » , car le traitement que Don Rulfo fait subir aux versions successives du texte de Pipino ressemble au traitement infligés par les hiérarques fascistes pervers aux pauvres jeunes gens raflés dans la campagne : un passage à tabac avec des coups portés au hasard pour commencer, puis des flagellations à intervalles aléatoires, puis des lacérations, une douleur sans nom, et d'autant plus intense qu'elle est incompréhensible et imprévisible.

<u>LMDM.</u> Revenons à Pipino et Frédéric, pourquoi don Rulfo s'acharne-t-il à raturer le manuscrit de Pipino ?

 <u>US</u> : Raturer n'est pas le bon mot. On parle de parchemin, de velin, de peau de mouton, un support bien plus épais que le papier et qui permet de gratter et d'effacer jusqu'à l'infini ou presque et en tout état de cause de réécrire sur l'écriture précédente.

C'est le fameux palimpseste composé de couches successives de textes, sans parler des colophons, ces footnotes à l'ancienne, des gloses marginales et autres facéties de moines érudits s'ennuyant à mourir dans leurs scriptoria.

Ils n'ont rien eu d'autre à faire pendant presque mille ans, de l'effondrement de l'empire romain d'Occident à l'invention de l'imprimerie.

Portraits crachés

En quelques minutes (on ne savait pas mesurer les minutes au moyen-âge mais c'est dans les monastères qu'on a inventé ou ré-inventé les horloges à eau de l'antiquité, les clepsydres, puis étalonner des bougies puis inventés les horloges à poids le tout pour rythmer la journées par les six offices quotidiens), en quelques minutes donc Don Rulfo détruit chaque jour le travail de Pipino, parfois en grattant ses mots, souvent en les rayant d'un trait rageur renvoyant à une annotation obscure, elle-même parfois raturée une ou deux fois en glose marginale changeant une voie passive en voie active, un adjectif pour un autre, un verbe pour un autre , ajoutant un incise là o'u il n'y en a pas, en supprimant là où il y en a une .

Et, inlassablement, Pipino recommence, essayant, en vain bien sûr, de prendre de vitesse Don Rulfo, pour qui ce massacre textuel quotidien est devenue une hygiène de vie, une seconde nature.

 Ce faisant Don Rulfo réduit au passage la production du scriptorium de l'abbaye à presque rien.

La chose réjouit les serfs des environs, le prélèvement sur leurs troupeaux pour fabriquer du parchemin et du vélin ayant quasiment disparu, puisque l'on gratte et re-gratte toujours le même parchemin.

Ce tarissement de la production de manuscrits devrait aussi inquiéter l'abbé car elle porte atteinte à la réputation de l'abbaye, à laquelle les autres monastères ne prêtent plus de manuscrits à copier, ne les voyant pas revenir.

Mais l'abbé, un cadet de famille illettré, placé là par sa famille faute de mieux, s'en contrefiche éperdument, préférant se comporter comme un seigneur temporel.

il passe son temps à chasser autour du lac alpestre voisin, avec son destrier, au nom un rien hérétique, Behemoth, septième de la série. –Au moyen âge les chevaux, comme les hommes ne vivent guère longtemps.-

Incidemment l'abbé arbore fièrement dans sa salle capitulaire les armes de la Sorbonne.
. Mais c'est un diplômé de 1230 comme on dit « un diplômé de 1968 ».

 Car de 1229 à 1231 il n'y a pas eu un seul cours à Paris, l'université étant en conflit avec le prévôt du roi à la suite de rixes étudiantes impunies.

Portraits crachés

C'est comme ça qu'Oxford a été fondé, par des professeurs anglais installés à Paris soudain désoeuvrés et décidant d'ouvrir leur petite boutique au pays.

Mauvaise pioche pour la Sorbonne. Les français ont vraiment un don pour transformer leurs querelles en catastrophes…gilets jaunes et jaunes gilets …

<u>LMDM: A qui le dites vous…</u> Bon , nous nous égarons.

Là, vous nous expliquez comment Rulfo s'acharne mais pas pourquoi .

Donc pourquoi Don Rulfo s'acharne -t'il ? Est ce pour des raisons politiques ou théologiques ?, à cause de la menace qu'il pourrait représenter pour la foi ?

Mais, d'un autre côté, vous dites que toute la production du scriptorium, même la plus anodine, était paralysée par les lubies de don Rulfo , alors quid ?

<u>US :</u> quid, c'est le mot ! et je vous répondrai aussi en latin.

 Enfin en «latanglais»: vous savez que les anglais, surtout les juristes, se piquent de latin mais l'accommodent à leur sauce : «ultra vires» au lieu d'»ultra petita» ou «status quo» au lieu de «statu quo».

 Relisez les Pandectes de Justinien Bordel ! C'est quand même élémentaire.

Pardonnez ma réaction épidermique, la suffisance et l'insuffisance conjuguée de mes collègues anglo-saxons m'irrite prodigieusement parfois.

Mais il faut s'y résigner, ils ont le sabir ils ont donc le soft power. If you can't beat them, join them.

Mais ça ne durera qu'un temps. Vous connaissez le proverbe : « les optimistes font apprendre le mandarin à leurs enfants, les pessimistes l'hindi. »

Bref la réponse c'est CQFD, Quod Erat Demonstrandum, QED en anglais.

 Bien sûr le premier réflexe de don Rulfo est de dire à Pipino « Mais pourquoi écrire sur les oiseaux puisque Aristote a écrit sur eux et que donc tout est dit. »

 A quoi Pipino répond sans se démonter

Portraits crachés

« Mais Aristote n'a peut-être pas tout dit et quand il a dit, peut-être s'est-il trompé. Il parle l'hibernation des oiseaux et personne n'a vraiment vu un oiseau hiberner même pas vous qui venez pourtant des froidures de Germanie. Comme l'a dit mon maître Frédéric dans « de arte venandi cum avibus » l'expérience vaut mieux que la seule parole des anciens ».

Et Don Rulfo d'éructer, bien sûr, « blasphème, blasphème, *vade retro* « .

Mais sans plus de conviction que cela et on verra plus tard pourquoi.

Pour Don Rulfo, tout texte, y compris les siens propres, est une menace, une imperfection, une insulte à la perfection de la création divine.

Car Don Rulfo est vertueux et sincèrement croyant, comme l'était Dominique de Guzman, Saint-Dominique, qui au même moment fait allumer les bûchers en Occitanie à 1500 kilomètres de là, et cautionne l'incendie de Béziers et les paroles du légat du pape « Dieu reconnaîtra les siens ».

Don Rulfo est dans cette logique. Mais Dieu merci il n'a à faire qu'à des manuscrits.

Mais il les traite, comme ses collègues traitent les hérétiques.

L'imperfection doit être impitoyablement pourchassée.

Guidé par inspiration divine qui lui a été conférée par son ordination et par ses voeux monastiques Rulfo s'y consacre inlassablement-.

Comme, tout étant un fanatique doté de certitudes absolues, il est aussi, paradoxalement, un brave et honnête homme il doute *a priori* de ses propres corrections,

Il se corrige même plusieurs fois et parfois contradictoirement même à deux ou trois versions de distance,

Mais jamais, au grand jamais, il ne doute de sa mission sacrée et de l'autorité absolue que lui a conféré sur les mots d'autrui là l'onction divine et papale.

Entre Saint-Pierre qui doute et Saint-Paul qui affirme, il choisit Saint-Paul : « *Omni potestas a Deo* » tout pouvoir procède de Dieu « *Omni correcta ad Rulfo* ».

Portraits crachés

Et sa plume est l'incarnation vengeresse de la colère de Dieu contre l'imperfection humaine, parfaitement incarnée par les écrits de cet insolent et créatif Pipino.

Ledit Pipino proteste, pied à pied, en invoquant les faits et la logique dans les pas de son maître Frédéric.

Mais que sont les faits et la logique face à la toute-puissance de Dieu incarné par l'Église appuyée qui plus est depuis la synthèse thomiste par l'autorité des anciens et en particulier celle d'Aristote ?

Dans la logique du temps rien, absolument rien, moins que rien même ou peut être pire encore le visage du démon. *Vade retro…*

Bon, cela, c'est la logique consciente de don Rulfo, pour autant qu'il réfléchisse parfois à sa conduite.

Mais l'introspection n'est pas son fort. C'est pour lui une faiblesse coupable. Il a d'ailleurs entièrement gratté, de rage, le parchemin des « confessions » de Saint Augustin, un exemplaire unique dans le monastère pourtant.

Et, chose exceptionnelle chez lui, il ne l'a même pas corrigé. Il ne voyait pas quoi mettre à la place de ce qu'il considérait les jérémiades d'un fifils à sa moman.

Pauvre Sainte Monique, pauvre Saint Augustin, réduits par un fanatique à quelque chose comme le couple formé par Marthe Villalonga et Guy Bedos . dans « Un éléphant ça trompe énormément «

<u>LMDM :</u> parce que vous connaissez, vous un italien, « un éléphant ça trompe « ?

<u>US .</u> Vous, français, vous faites bien semblant de connaitre Fellini et Pasolini et, pour les meilleurs d'entre vous, Toto, Edwige Fenech et Tinto Brass.

Je dis bien « semblant », on est à Paris quand même.

Moi Je connais tous mes classiques, d'Anaxagore aux Tontons flingueurs et je dois dire que je préfère les tontons flingueurs…

Mais revenons à Rulfo, moi je connais un moine qui grattait du parchemin au petit déjeuner…

Portraits crachés

Pipino, lui a une autre vision du comportement de Rulfo. Et cette vision est curieusement de nature pré-freudienne.

On le sait par un fragment, évidemment raturé par Rulfo, de « *De avibus et avunculibus*« .

Un fragment, parce que le manuscrit n'a jamais vu le jour, même si, pour finir, et j'y reviendrai, Pipino a fini par neutraliser la passion correctrice de Don Rulfo.

Mais la mort prématurée de Frédéric II , et la *damnatio memoriae* dont l'a poursuivi l'église, s'est étendue aux innombrables couches de brouillon contenues sur un seul parchemin, via l'accumulation palimpsestique.

Ce n'est que très récemment qu'un chercheur a retrouvé un fragment du manuscrit dans la bibliothèque baroque de l'abbaye de Saint Gall .

Dans un colophon donc, une sorte de note de bas de page, Pipino donne son interprétation du comportement de Don Rulfo. « *quem admodum enim infans non esset ire verborum sese stercus* ».

 Autrement dit « il ne voulait jamais lâcher des mots, comme un nourrisson retient ses excréments ».

Bref Pipino découvre le stade anal.

Pour lui Don Rulfo est un pervers textuel qui a, face à l' écrit, le même rapport qu'un enfant au stade anal : faire souffrir son entourage et et exercer à plein son pouvoir sur lui en retenant ses excréments, attendus par ledit entourage comme un signe de bonne santé.

On est là pas très loin de Pontormo ce peintre manièriste du dix-septième qui tenait un journal quotidien où il ne parlait jamais de son travail et de son œuvre, pourtant remarquables, mais seulement de ses repas et de ses excréments.

En fait ce n'est qu'une partie de l'explication. Elle dévoile la raison profonde certes, mais il faut la combiner à mon sens avec l'auto-justification de Don Rulfo comme incarnation de la colère divine contre l'imperfection humaine, pipinesque, augustinienne ou autre.

Et tout cela n'explique pas encore le procédé, la logique rulfienne.

Portraits crachés

Car dans son délire anti-textuel, il y a une logique, comme il y en a une chez le bipolaire, l'autiste, le schizophrène ou le paranoïaque, tous les internes en psychiatrie vous le diront.

Et c'est là que j'en viens à mon concept de « surimilogie textuelle ».

Vous connaissez le surimi, ce conglomérat de chutes de poisson, que l'industrie agroalimentaire, triture, malaxe, moule, strie et colorie d'orange en surface.

Peu de goût, rien à mâcher puisque tout est déjà réduit en bouillie quasi-gélifiée, mais des protéines à pas cher et une façon astucieuse de faire manger du poisson ou plutôt de l'aggloméré de poisson aux enfants, en couvrant le tout de mayonnaise. En tube bien sûr .

C'est presque frais, et gustativement passable. Enfin pour des goûts de cantine, car on est à mille lieux de la slow food au Piémont ou du morceau de thon rouge en Sicile.

 Coupé près de l'arrête, à la main, au sabre plutôt, à l'ancien marché au poisson de Tsukiji de Tokyo, ce morceau de thon rouge peut atteindre 100 dollars les 50 grammes.

Pourtant on peut faire du surimi avec du thon rouge à 100 dollars les 50 grammes.

La qualité initiale du poisson n'a aucune importance pour faire du surimi.

Ce qui compte c'est le nombre de triturations.

S'il est suffisamment élevé il finira toujours par venir à bout du meilleur poisson, par réduire à néant toutes ses fibres, par dégrader et détruire son goût jusqu'à la consistance voulue, celle du surimi, gélifiée, molle et insipide.

Et c'est pareil pour les textes.

C'est ce que fait Don Rulfo, non pas avec le travail de Pipino, de la petite friture d'éperlans ou de goujons tout au plus, mais en s' attaquant à un léviathan : l'Ecriture tout court.

Je vous passe les péripéties du roman, je vais même vous les «spoiler» comme disent les jeunes maintenant.

Portraits crachés

Après tout ce n'est pas moi qui toucherais l'essentiel des droits du roman, ce sont mes héritiers, puisque je n'en ai, au mieux, plus que pour quelques mois.

Mais, malgré toute l'affection que j'ai pour eux, Il ne l'ont pas écrit donc pas mérité son fruit.

Bref, au début, Pipino croit que Rulfo s'acharne sur lui parce qu'il est au service de Frédéric et Rulfo au service de la papauté ce qui vaut *a fortiori* pour son abbé, illettré et paresseux mais qui sait mieux que personne qu'il doit tout à ses relations familiales à Rome.

Puis Pipino se rend progressivement compte qu'il n'y aucune logique, politique, théologique ou philosophique aux perpétuelles corrections sur -corrections, re-corrections et autres auto-corrections de Don Rulfo.

 Notamment du fait qu'elles sont souvent contradictoires et aléatoires et qu'elles témoignent d'un désintérêt complet pour la substance et d'une incompréhension totale du fond, jusqu'à ne percevoir aucune de ses hardiesses anti-aristotéliciennes et à se concentrer sur des brindilles formelles.

Don Rulfo est diplômé de théologie.

Mais pour des raisons obscures il n'a pas fait de théologie depuis son diplôme.

Il préfère concentrer sur ses propres travaux, c'est-à-dire, en dehors de la destruction des travaux des autres, sur deux points obscurs de droit canon.

Seul, il écrit des gloses en boucles sur ces points, qu'il corrige et re-corrige quand-même, par pur réflexe.

L'un de ces points est considéré comme insoluble par les vrais juristes de droit canon et l'autre comme parfaitement futile et vain.

 Mais don Rulfo s'acharne et glose, là pour une fois presque sans ratures , quatre ou cinq itérations, pas plus .

Son abbé, illettré ou quasi, mais assez futé, l'encourage dans cette voie. Il sait, par oui-dire, puisqu'il est illettré, assez de droit canon pour savoir que ces points de *disputatio* sont sans réponses.

Portraits crachés

Mais il sait aussi que plus Don Rulfo glose sur eux, moins il paralyse l'activité du scriptorium, paralysie qui commence à lui attirer des reproches d'autres abbayes ne voulant plus prêter de manuscrits.

Paralysie d'autant plus visible et absurde qu'avec l'ouverture des écoles cathédrales dans les villes et des premières universités, la demande en manuscrit explose.

C'est d'ailleurs comme ça qu'on a mis la main sur le fragment de saint Gall, en cartographiant les échanges de manuscrits entre abbayes et se rendant compte que l'abbaye de Rappardo dans le Trentin était un « trou noir » absorbant les manuscrits de l'extérieur sans en produire une seule copie.

L'abbaye a été l'enjeu d'un combat d'artillerie acharné sous le directoire entre les troupes russes du maréchal Koutousov et celles de Bonaparte.

Il ne reste plus grand chose du monastère de Rappardo, guère plus qu'a Galgano ou à Fountains : quelques murailles ébréchées, un chœur à ciel ouvert et un scriptorium effondré et battu par les vents.

Claudio Magris en parle très bien car italiens et autrichiens se sont aussi entre-éventrés sauvagement dans ces froidures, pendant la première guerre mondiale.

Hemingway y fait aussi une brève allusion dans «Pour qui sonne le glas «. Il s'y serait gelé un orteil.

En fait c'était une testicule. Mais ça, il ne l'a jamais avoué, ça cadrait mal avec son personnage de macho.

« En avoir ou pas « Mon œil. En avoir une sur deux, oui !

De là à expliquer son suicide….

LMDM. Umberto on s'égare, avec vous on parcourrait l'Encyclopedia Universalis toute entière, en partant d'un simple caillou.

On en était au fragment de Saint Gall…

US : Mais c'est exactement ce que fait Bryson et ça se vend super-bien.

Portraits crachés

Presque aussi bien que moi. C'est dire.

Et qu'est-ce-que vous croyiez que je lisais quand j'étais gosse puis adolescent ?

On se faisait terriblement suer dans les années cinquante dans la petite bourgeoisie provinciale italienne, il fallait bien que je rêve sur quelque chose, donc faute de plus complet, sur l'Universalis effectivement.

Mais oui, vous avez raison, revenons-en au fragment de Saint Gall…

Bon. Le déclin de l'abbaye avait commencé avant au dix-huitième avec son passage en commandite et les attaques anti-monastiques de Joseph II.

Un des derniers abbés, un gamin de treize ans, manipulé par sa mère, avait déjà vendu tous les manuscrits au monastère de Saint-Gall avant de commencer à vendre les pierres des édifices plus anciens, dont un ermitage paléo-chrétien, jugé passé de mode.

C'est toute une histoire, l'architecte de la bibliothèque de Saint-Gall avait vu trop grand. Et il a tenu le budget en plus, cet imbécile, ça n'arriverait plus aujourd'hui .

Bref ils se sont retrouvés avec des dizaines de mètres de rayonnage vide qu'il a fallu garnir d'urgence.

En fait l'abbaye de Saint Gall, qui avait acheté les manuscrits sur la foi des reliures au mètre, voire au poids, s'est retrouvé avec des volumes vierges ou presque, Don Rulfo ayant tout gratté, puis réécrit puis re-gratté puis fait ré-écrire puis re-gratté.

Saint Gall a bien tenté d'intenter un procès pour tromperie sur la marchandise à l'abbé de Rappardo, mais le caractère international du procès joint à la corruption des systèmes judiciaires d'ancien régime a fait trainer le procès 15 ans, le temps pour les artilleries combinées de Bonaparte et de Koutousov de détruire définitivement l'abbaye.

Les manuscrits de Rappardo ont fini dans un débarras. C'est en classant les papiers des innombrables procès intentés par le monastère à ses débiteurs (le moine est rapiat et procédurier) qu'un chercheur est tombé sur eux.

Les progrès des rayons X, des LED et des révélateurs chimiques ont permis de déchiffrer les couches successives du palimpseste.

Portraits crachés

« Les manuscrits rulfins », comme on les appelle désormais ont donc commencé à révéler leurs secrets, le texte initial et sept à dix couches de corrections et re-corrections rulfiennes (c'est une moyenne, car cela va de 3 à 28 couches).

La finesse et la multiplicité des couches était telle qu'il a fallu calibrer les détecteurs au demi-micron près, avec des techniques issues de la recherche spatiale.

Les techniques ainsi affinées sont aujourd'hui mises en oeuvre pour déchiffrer les manuscrits calcinés de Pompei et Herculanum dont le les rouleaux de papyrus se sont racornis sur eux-mêmes sous l'effet de la chaleur de l'éruption du Vésuve sans complètement brûler cependant.

La furie scriptoclaste de Don Rulfo va peut-être, et paradoxalement, nous dévoiler un corpus littéraire et scientifique gréco latin perdu.

Corpus que Don Rulfo se serait acharné à détruire, s'il l'avait connu parce que païen.

Pipino, décidément irrité, avait essayé de comprendre le comportement de Don Rulfo.

Il avait interrogé tout le monastère. Mais il s'était heurté à des haussements d'épaules.

Don Rulfo faisait partie des meubles, l'abbé lui déléguait par paresse tout ce qui impliquait une quelconque lecture, un quelconque effort.

Il était incontournable, inattaquable et sa folie scripturale arrangeait tout le monde d'une certaine façon. Au lieu de se tuer à la tâche, à copier du soir au matin, les moines du scriptorium, certains que leur travail serait anéanti en quelques minutes par Don Rulfo, se contentaient d'un strict minimum, moins d'une page par jour et des ébauches d'enluminures.

En contestant cet état de fait dysfonctionnel, Pipino dérangeait tout le monde.

Il changea alors de tactique et commença à observer les faits et gestes de Don Rulfo, toujours pour essayer de le comprendre.

Portraits crachés

Poussant plus loin ses investigations, Pipino se rendit compte que Don Rulfo faisait des visites nocturnes au scriptorium, visites a priori inutile puisque quelques minutes suffisaient à Don Rulfo pour anéantir le travail d'une journée d'une bonne dizaine de copistes.

Et là il découvrit l'inconcevable : don Rulfo corrigeait et réécrivait l'Ecriture, la parole divine elle-même, car elle lui paraissait, elle aussi, imparfaite.

Pour don Rulfo ce qui est écrit par un autre que lui-même, fut-il d'essence divine ou inspiré par l'Esprit Saint, doit être ré-écrit, puis corrigé puis recorrigé puis re-re-corrigé, pour finir destructuré et surimisé par sa main impitoyable et salvatrice.

Aucun texte, quel qu'il soit ne saurait échapper à cette logique.

Dans sa jeunesse à la Sorbonne, Rulfo a corrigé sans hésiter le français d'Abélard (qui l'appelait « *obsessionnalis textii emasculator cum verbis in fine , germanicus barbarus* »).

<u>LMDM :</u> Non ?

<u>US</u> : Si si ! relisez la quatrième lettre à Héloïse, bon sang ! tous mes personnages ont un fondement historique solide, et celui-là plus qu'aucun autre…

Il a aussi corrigé l'anglais de Dun Scot, l'italien de Saint Thomas d'Aquin, le grec d'Aristote et le latin de Marc Aurèle, mettant toujours le verbe à la fin, comme il se doit.

Pour tout dire Guillaume d'Occam le trouvait rasoir.

La Sorbonne l'a envoyé gratter son palimpseste ailleurs et après avoir un peu gyrovaqué il a fini à Basilea, la Bâle aujourd'hui, mais une Basilea encore médiévale, pré–érasmienne et pré-grunwaldienne.

Car si les muscles lacérés et crispés par la douleur du Christ du retable d'Issenheim ont leur parallèle chez les textes massacrés par Don Rulfo, Erasme, lui, auteur de manuels de savoir vivre, ironiste né et homme de compromis, de mesure et de tolérance est un anti Rulfo absolu, son antithèse parfaite.

Rien n'arrête Don Rulfo donc pas même la ré-écriture de l'Ecriture.

Mais c'est en voyant comment don rulfo ré-écrit la parole divine que Pipino comprend enfin la logique rulfienne, la spirale fatale, le maelstrom qui engloutit l'articulation de tout texte passant à sa portée.

Et c'est un procédé élémentaire : celui d'une comptine de cour de récréation que nous avons tous fredonné : marabout. bout de ficelle, selle de cheval, cheval de course, course à pied, pied à terre, terre de feu, feu follet, lait de vache, vache de ferme , ferme ta gueule, gueule de bois, boite à lettre, lettre d'amour etc ».

 il y a la même chose en italien et, bien sûr, en latin.

Un mot proche à la place d'un autre, puis encore un autre, et encore un autre, pour que de proche en proche, le mot et au-delà de lui, la phrase, finissent par perdre tout sens.

 On est là pas très loin de la méthode paranoïaque critique de Salvador Dali et du cadavre exquis et de l'écriture automatique des surréalistes, le gag en moins, le fanatisme et l'obsession en plus, bien sûr.

 Oui là, sur l'écritoire, à la lueur tremblante de la bougie, Don Rulfo commet ou plutôt perpètre, l'inconcevable.

 Il corrige l'Evangile. La parole de Dieu lui-même puisque le Christ est homme et Dieu.

 Et plus précisément le prologue de l'Evangile selon saint Jean.

Cette merveilleuse méditation sur le Christ.

Un des textes les plus sacrés du Canon.

Massacré à son tour par Don Rulfo et en plusieurs itérations.

Jugez-en plutôt.

Au commencement était le Verbe,

Et Verbe était en Dieu , Le verbe était Dieu

Portraits crachés

<u>Étape 1 : questionnements</u>

Au Commencement [de quoi ?] était [c'est le verbe, il devrait être à la fin] le Verbe [pourquoi une majuscule ?, quel verbe ? être ?] et le Verbe était en Dieu [comment un verbe peut il entrer dans une divinité ?], le verbe était Dieu [Dieu n'est pas un verbe, et puis même si le verbe était en Dieu, c'est que Dieu a une enveloppe pour le contenir , comment pourrait il être Dieu c'est à dire à la fois le contenant et le contenu ?].

A priori ces questionnements philosophiques apparaissent vertigineux.

Poursuivis jusqu'à leur terme, ils auraient pu amener Don Rulfo sur la voie du relativisme, du rationalisme, voire de de l'athéisme.

Mais il n'en est rien.

Pour Don Rulfo, il n'y a qu'une théologie, une philosophie, une éthique et une épistémologie et elle tiennent toutes en un adage latin qu'il a forgé en « corrigeant »- bien sûr- un verset de Saint Paul (épitre aux Romains , 13,1-7) « *Omni potestas sub codicii a Rulfo per deum et per papam* « « tout pouvoir sur les manuscrits à Rulfo de par Dieu et de par le pape « .

Et il ne va pas plus loin.

Portraits crachés

Pour lui le questionnement n'est pas un moyen d'obtenir du sens mais un moyen de détruire le sens du mot ou de la phrase et de le remplacer par un autre mot ou une autre phrase, avec un sens voisin au mieux, aléatoire sinon.

Pour prendre une métaphore contemporaine, le questionnement est l'ouvre-boîte conceptuel avec lequel il perce la boite de conserve du sens, mais il ne cherche pas à consommer le contenu de la boîte, seulement à la répandre par terre.

Les manuscrits de Don Rulfo ne sont pas « truffés » de sens, «mais « jonchés » de sens.

 Comme une décharge sauvage l'est d'ordures pourrissantes.

Ou, pour prendre une métaphore, d'époque cette fois, il crève les outres du sens, et le laisse se répandre par terre, puis il repend d'autres outres. Vides.

Il y a des dépendeurs d'andouilles et des pendeurs d'outres vides.

Rulfo est de ceux-là.

Et ce processus séquentiel de questionnement et de génération semi-aléatoire d'un mot de remplacement témoigne d'un fonctionnement quasi schizophrénique :

C'est le cortex qui questionne et il faut reconnaitre qu'il fonctionne remarquablement bien, même s'il fonctionne à vide, puisqu'il pose des questions que personne ne se posait, du moins ouvertement, à l'époque.

Mais c'est le cerveau reptilien qui biffe et rature.

 Et un entre-deux mental , le ça ou l'inconscient, qui génère le mot rageur, mais provisoire, de remplacement.

<u>Étape 2 : paraphrase et substitution semi-aléatoire</u>

~~Au commencement~~ À l'origine de toutes choses ~~, était le Verbe~~

l'être était

]Et ~~le Verbe~~ l'être était en Dieu et ~~le Verbe~~ l'être était Dieu

Étape 3 : nouveau questionnement

A l'origine [l'idée d'un début est contradictoire avec celle d'éternité, tout ce qui est a toujours été et sera toujours]de toutes choses [quelles choses ? et les êtres ?], l'être était [et le néant aussi puisque tout procède de l'être, même le néant], et l'être était dans Dieu [ou dans l'être puisque l'être est Dieu] et l'être était Dieu [ou l'être puisque l'être est Dieu]

Étape 4 équivalence des contraires

L'être était, est, sera et le néant avec.

Étape 5 : thèse antithèse

L'être, le néant

Étape 6 : Synthèse

…

On pourrait qualifier Don Rulfo d'essentialiste, ou l'accuser de nihilisme ou y voir un pré-existentialiste ou un quiétiste, pour lequel le divin confine à l'indicible et à l'ineffable comme chez les soufis, d'ailleurs contemporains.

Portraits crachés

Mais il n'est rien de tout cela.

C'est juste un maniaque .

Mais pour l'église du temps ce qu'il a fait est, non pas indicible, mais innommable, et mérite le bûcher.

Pipino aurait donc pu apporter sa trouvaille à l'inquisition, qui aurait promptement réglé l'affaire par le fagot.

Mais il ne parvient pas à le faire.

Et ce, bien qu'il souffre intimement et atrocement du traitement que Don Rulfo fait subir à son travail.

Il ne parvient pas à le haïr.

Haït-on un malade ? Haït-on un fou, même s'il vous fait du mal ?

Non, au lieu de cela Pipino se contente de découper avec un couteau une partie des pages en cause du manuscrit, d'en faire plusieurs fragments dont un qu'il confiera à un ami.

Puis il laisse un colophon sur l'un des versets de l'évangile revu et corrigé sur l'écritoire, disant à Don Rulfo qu'il ne le savait pas plus érudit, et meilleur rédacteur, qu'un évangéliste.

Au petit matin alors Don Rulfo, ayant lu le colophon, se terre interdit dans sa cellule, hésitant entre fuir pour échapper au bucher ou, peut-être, étrangler discrètement l'impudent et le jeter par-dessus les murailles du monastère fortifié.

Pipino, lui, rend une courte visite à l'abbé, l'oblige à déchiffrer tant bien que mal (rappelons qu'il est quasi -illettré) les délires néo-évangéliques de Rulfo, mentionne qu'un bout du parchemin est déjà hors du monastère et sera remis à l'inquisition si on ne laisse pas partir Pipino, Rulfo entrainant à coup sûr dans sa chute un abbé absentéiste et négligent ayant laissé prospérer l'hérésie et le blasphème au cœur-même de l'église.

Portraits crachés

Du coup Pipino s'en va, et la rédaction de son manuscrit s'arrête là du fait de la mort prématurée de Frédéric II.

Don Rulfo est envoyé dans un ermitage désert loin de toute écritoire dans la vallée voisine de l'Adige.

On dit qu'il s'y est alors passionné pour les fresques romanes des chapelles d'altitude.

Car il était aussi amateur d'art, même s'il n'était pas artiste lui-même, sinon un artiste du biffage et de la rature.

Il a abondamment badigeonné de chaux ces fresques, sans cette fois chercher à les reprendre, dans un rare accès de modestie, car il les jugeait les dépassées et imparfaites.

Cela a permis de re-découvrir récemment ces merveilles intactes, quand partout ailleurs en Italie la frénésie de construction et de peintures du baroque en a effacé jusqu'au plus infime traces.

Le Rulfiner Museum von Bolsen/il Museo Rulfino de Bolsano qui s'ouvrira prochainement exposera des copies de ces trésors, trésors auprès desquels ceux du musée des monuments français au Trocadero et du Musée d'Art roman de Barcelone peuvent d'ores et déjà aller se rhabiller par comparaison.

Aux iconoclastes, les mains pleines.

Don Rulfo est en quelque sorte une boussole inversée. Comme votre Alain Minc, qui dénonçait la « finlandisation » de l'Europe à la veille de la chute du mur de Berlin et vantait la « mondialisation heureuse » à la veille de Seattle.

On peut donc lui faire une confiance absolue.

A condition de prendre le parti exactement contraire.

En oblitérant, avec un goût très sûr *a contrario*, manuscrits et fresques, il les a préservés.

Cela l'aurait sûrement mis en furie, s'il l'avait su.

Portraits crachés

Mais c'est une happy end. Et j'en ai honte.

Mais le livre n'aurait pas marché aux Etats unis sinon.
Et avec les droits d'adaptation du film et de la série, mes héritiers vont bénir ma faiblesse.

Dans la vraie vie, la surimilogie, la capacité à générer du texte informe, dépourvu de sens et d'articulation règne en maître.

Je m'explique.

Imaginons en instant Don Rulfo projeté dans nos années GAFA.

J'avoue que j'ignore ce qu'il ferait.

D'un côté, la masse de messages produite sur un sujet donné serait enfin suffisante pour saturer Don Rulfo lui-même : il aurait beau «clasher», répliquer, corriger et corriger encore les milliers de messages, tous bourrés de fautes d'orthographes et de syntaxe, écrits dans une langue approximative et de nature essentiellement émotionnelle, sans raisonnement construit, argumenté ou même simplement informé, toute cette masse le saturerait.

Et ce, même si en raison de son caractère bougon, il aurait peu d'amis et se ferait inévitablement boycotter sur les forum .

D'un autre côté ces messages Facebook et Twitter sont déjà « surimisés « .

Don Rulfo n'aurait pas à saccager de trame narrative ou argumentative puisqu'il n'y en a pas.

Ni à reformuler la grammaire puisqu'il n'y a pas non plus ou si peu.

Ni à mettre de synonymes ou d'antonymes et autres raffinements pervers puisque le vocabulaire est si pauvre et fait si peu de sens.

Bref, Don Rulfo n'aurait rien à faire, le texte brut étant déjà « rulfisé » .

Broken English/French ou autre comme dirait de sa voix sublimement éraillée Marianne Faithfull.

il n'est plus besoin de déconstruire le texte à la Derrida/Rulfo puisqu'il l'est déjà : relisez les tweets de Flyrider, la construction européenne et la politique macro-économique, monétaire et budgétaire européenne vu par un conducteur de transpalettes avec 500. 000 followers.

Des raccourcis saisissants. Avouons-le, avec une telle audience il ne peut qu'avoir raison . A quoi bon faire des doctorats sur ces sujets. *Vox populi, vox dei.*

 Bref, ma thèse est que la surimologie textuelle, initiée, avec tant d'efforts, par Don Rulfo, a triomphé dans notre monde moderne .

Nos réseaux sociaux produisent à jet continu du surimi.

Twitter et Facebook ont acccouché d'un algorythme « rulfien ».

Frédéric et Pipino peuvent se retourner dans leur tombes respectives, un mausolée dans la cathédrale de Palerme pour l'un, la fosse commune des pestiférés pour l'autre, ça n'y changera rien.

Et c'est pour ça qu'*in fine,* je ne suis pas si déprimé d'avoir le pancréas métastasé.

J'ai toujours préféré l'anchois au surimi (surtout l'anchois millésimé, car la date c'est très important dans l'anchois, relisez Dario Fo et Italo Calvino, ces ligures) la slow food au gloubiboulga, la polpette au knodle, le papier à l'écran, la rhétorique à l'éructation, le doute à la certitude.

 Au moins n'aurais je pas à subir ce triomphe posthume de Don Rulfo trop longtemps.

 LMDM : Merci Umberto Secco pour ce testament spirituel.

F

comme

Ferry (Luc)

Portraits crachés

Luc Sherry

Dernier ouvrage publié :«Qu'est-ce qu'une vie ratée»

Surnommé "chéri-chéri" par des collègues universitaires, envieux de son brushing, de ses succès éditoriaux et médiatiques et de sa carrière politique, Luc Sherry est d'abord un philosophe qui puise aux sources de la sagesse antique pour nous donner des leçons de modestie, d'austérité et d'abstinence.

Vu la politique menée par les gouvernements auquel il a appartenu, puis par ses amis, ça tombe bien.

Dans ce livre magistral il fait le parallèle entre le nombre d'élèves de Socrate et la population athénienne, le nombre de lecteurs de l'Encyclopédie et la population de la France de Louis XV, le nombre de membres du NDSAP et la population du troisième reich et pour finir le nombre de possesseurs de Rolex et la population de la France des années 2010.

Il parvient à de surprenantes conclusions.

Lesquelles excusent bien des écarts.

G

~ 128 ~

comme

Gallo (Max)
Gray (John)
Guaino (Henri) et Morano (Nadine)
Glucksmann (André)

Max Gogollo

Dernier ouvrage publié: « Caligula, le rêveur foudroyé »

Max Gogollo, à l'origine romancier d'un certain talent, quoique lyrique et daté, s'est peu a peu reconverti, l'âge venant, en polygraphe historique tous terrains.

Il a conquis, ce faisant, un lectorat moins volage, puisque composé, pour l'essentiel, de personnes d'un certain âge, peu enclines à changer de fournisseurs fut ce pour les choses de l'esprit, si l'on peut encore parler d'esprit bien sûr.

Après s'être intéressé à de grands bienfaiteurs de l'humanité comme Louis XIV et Napoléon, puis à des temps tourmentés comme la révolution ou l'occupation, après avoir ensuite cultivé la nostalgie du Mallet Isaac avec plusieurs synthèses de l'histoire de France, du vase de Vix à la rencontre Carla-Nicolas chez Séguela, synthèses dont on a peine à imaginer qu'elles fourmillent d'informations brutes et originales, Max Gogollo a récemment entamé une période romaine.

Peut-être a t'il hérité de la bibliothèque d'un vieil oncle professeur de latin.

Avec l'obstination du tâcheron payé à la carcasse dépiautée dans un abattoir, et avec une organisation que l'on devine quasi-industrielle, Max Gogollo extrait donc chaque semestre du rayon "histoire" de sa bibliothèque municipale un pensum.

 Il taille son pavé, comme d'autres taillent, avec plus de douceur, des plumes.

Et ce pavé provoque dans les maisons de retraite la même ruée que les jours où la cantine sert des îles flottantes.

Flottantes également ont été ses convictions politiques et religieuses qui se sont rapprochées avec le temps de celles de son lectorat, amateur d'ordre, de sécurité et de certitudes et souvent plus préoccupé d'au-delà que d'au dehors.

Commencer comme Eugène Sue pour finir presque comme Benoist-Méchin, ça c'est un destin.

Ayant pour seul rival aujourd'hui Christian Placq, il est parvenu à remplacer comme géant de l'historiette des icônes telles que Feu André Castelot et le toujours vivant mais accablé d'honneurs et donc moins productif, Alain Decaux.

Avec lui l'histoire par le petit bout de la lorgnette et vue de l'arrière cour, ce que d'aucuns ont appelé plaisamment "l'ecole des anals", a un avenir assuré.

Portraits crachés

La sénescence rime souvent avec la nostalgie de la turgescence.

Max Gogollo, ne fait pas exception à cette règle. Il semble avoir pris, l'âge venant, ce qu'on appelait, sous la troisième république, des goûts de sénateur.

Il est vrai qu'il aurait pu finir, s'il était resté fidèle à ses idéaux de jeunesse, au Conseil Economique et Social comme Georgette Lemaire ou même au Senat comme Julien Dray ou Jean Luc Mélenchon.

Max Gogollo focalise en effet sa capacité de production actuelle sur les empereurs les plus singuliers et les plus imaginatifs de l'histoire romaine.

Voici donc Caligula après Néron, Tibère, Héliogabale et Caracalla, sortis ces quatre derniers trimestres.

Comme Bob Guccione, propriétaire du magazine Penthouse et producteur du film "Caligula" et comme tous les "biographes" de Caius Julius Caesar dit Caligula ("petits brodequins règlementaires") Max Gogollo a remixé "Les douze césars" de Suétone.

Quelques dizaines de pages, tout au plus, pondues par un plumitif malhonnête, écrivant 120 ans après les faits et payé grassement par les Antonins, dynastie de parvenus et d'hypocrites (Trajan, Hadrien, Marc Aurèle, Antonin...) pour salir, avec application, tous leurs prédécesseurs.

Comme Bob Guccione, qui appelait une chatte une chatte, Mac Gogollo a senti la nécessité de donner une caution culturelle aux anecdotes salaces de Suétone.

Pour Guccione, un vrai écrivain, Gore Vidal, comme scénariste aux cotés de Tinto Brass, metteur en scène bien connu des amateurs de films érotiques vintage et de vrais acteurs, comme Malcom Mac Dowell et les deux sociétaires de la Royal Shakespeare Company qu'étaient Peter O' Toole et Helen Mirren aux côtés des performers hongrois et des actrices spécialisées tchèques.

Pour Max Gogollo dont les moyens et les contraintes sont plus modestes c'est du côté de Camus des tragédies romaines de Corneille et Racine et même de Brecht que les cautions culturelles ont été recherchées.

Le résultat est effectivement une tragédie.

Mais contemporaine et non classique, ça sent le collage.

Mais la colle n'est elle pas la cocaïne des plus jeunes ?

D'ailleurs il ne retient de Racine qui prend Néron à un moment où "Il n'a pas encore tue sa mère, sa femme, ses gouverneurs mais il a en lui les semences de tous ses crimes" (seconde préface à Britannicus) que la semence.

Suétone a fait depuis le moyen âge les délices de générations de latinistes boutonneux.

Maintenant que les jeunes n'apprennent plus le latin et ont accès pour leurs boutons à des délices plus tangibles que de simples caractères d'imprimerie, c'est pour le troisième âge que Suétone va revivre grâce à Max Gogollo.

En adaptant Suétone, Max Gogollo n'a pas oublié ce mot de Rousseau dans les Confessions "il y a des livres qui se lisent d'une seule main". Forcément, il faut bien que l'autre tienne le déambulateur.

John Graal

Dernier ouvrage publié : « Les hommes préfèrent les Farces, les femmes les bonus »

Le succès de la "littérature" consacrée à la compréhension de l'autre sexe a quelque chose d'à la fois totalement irrationnel et de parfaitement légitime.

Par comparaison, la théologie est un sujet simple: La création comme résultat est un fait tangible et la création comme processus est scientifiquement prouvée depuis la découverte du big bang.

Ajoutez les constantes cosmologiques qui ont permis l'existence de l'univers et donc de la vie et l'expansion de l'univers et vous avez un dessein, même s'il reste obscur.

La Genese et Haydn -ah ce coup de cymbales!- avaient raison sans preuve comme Démocrite et Lucrèce pour les atomes.

Et tant pis pour Einstein qui ne supportait pas les relents de sacristie de cette théorie .

Appelez ça Nature ou appelez ça Dieu peu importe. Dotez-le, ou non d'une conscience, d'une empathie ou d'une capacité de rédemption.

Ce sont là des questions secondaires, des accompagnements autour du plat principal, qui ne méritent pas que l'on s'étripe comme on le fait pourtant depuis des siècles.

Tandis que comprendre l'autre sexe, autre sujet éternel d'étripage, voilà un mystère insondable, un sujet inépuisable.

Pourquoi pas vouloir comprendre ses parents ou ses enfants tant qu'on y est !

Voire se comprendre soi-même.

Sur ces sentiers ténébreux, et pourtant battus et rebattus, c'est John Graal qui ces dernières années a tiré le gros lot, et un feu d'artifice, avec sa série «Mars-Vénus».

Chapeau bas devant cet explorateur de l'inconnu, même si la littérature, comme art, et la psychologie comme science, en souffrent.

Portraits crachés

~ 135 ~

Collectif Céline
sous la présidence
d'Henri Guano et de Nadine Morlanno

(deux biographies et un manifeste)

Dernier ouvrage publié: «refonder la langue française sur les pas du président Sarkozy, lettre ouverte au ministre de la culture et au haut conseil de la langue francaise, préface à l'édition intégrale et verbatim des discours de Nicolas Sarkozy»

On peut difficilement imaginer personnalités plus dissemblables que celles d'Henri Guano et de Nadine Morlanno.

D'un côté, un géant austère à l'apparence abrupte et aux propos glaciaux, un intellectuel froid, plume de l'ex président son plumeau, disent les mauvaises langues.

De l'autre, une passionaria accorte aux propos incendiaires, quintessence d'oralité et de réactions épidermiques. Le balai de chiottes de l'ex-président disent les mauvaises langues parce qu' qui l'a effectivement utilisé pour essayer de détacher le brun qu'on trouve aujourd'hui au fond des cuvettes industrielles de l'est.

Pourtant trois choses au moins les unissent :

- la haine du politiquement correct et le goût de la provocation (souvenez-vous du discours de Dakar de l'un « l'homme africain n'a pas d'histoire.. » si , celle de l'esclavage pour commencer, et des flirts de l'autre avec le front national) ,

- la fidélité à Nicolas Sarkozy (ils sont tous deux membres du comité visant à lui faire décerner le prix Nobel de la paix pour son action en Géorgie

- et enfin ce collectif Céline qu'ils co-président

Le "collectif Céline" est un groupe de professeurs, de linguistes, de grammairiens et de spécialistes de la francophonie qui entend refonder et revivifier la langue française, comme le groupe de mathématiciens regroupé sous le pseudonyme de Nicolas Bourbaki (notez la troublante homophonie) a refondé les mathématiques.

Portraits crachés

Le collectif rend hommage dans cette lettre ouverte à l'action subtile[7], mais sans relâche du président en ce sens, président hélas contraint de louvoyer avec tous les conservatismes de la société et de la culture française à commencer celui de l'académie.

 Etant résolument apolitique, le groupe n'a toutefois pas souhaite faire référence au nom de celui qu'il considère comme son porte drapeau et a préféré choisir celui, moins sujet à controverse, consensuel presque (n'étaient quelques errements) d'un autre grand rénovateur de la langue française, Louis Ferdinand Céline, par ailleurs un des auteurs favoris du président.

Manifeste :
Refonder la langue française sur les pas du président Sarkozy

"Il est temps de réformer la langue française. L'exemple vient d'en haut, enfin et l'occasion est historique. Sachons la saisir, car qui sait quand elle se représentera, peut-être jamais ...

 Des trois grands rénovateurs de la langue française au XXème siècle, Louis Ferdinand Céline, Frederic Dard/ San-Antonio et Nicolas Sarkozy, un seul est parvenu au pouvoir.

Et c'est bien là qu'il faut être si l'on veut agir, comme le montre l'exemple de Richelieu et de l'académie française, sans majuscules.

Et Nicolas Sarkozy est aujourd'hui bien plus puissant que ne l'a jamais été Richelieu.

Il ne risque pas d'être renversé par une conspiration. Il n'est pas sujet au bon vouloir du roi.

Il est le roi.

Seul le temps lui manque et même cela peut s'acheter.

Il n'est que temps d'agir.

La langue française est en danger. La langue française se meurt. La langue française est morte.

Mais nous devrions bien plutôt dire: une des deux langues françaises est morte.

Et elle seule.

Car il y a bien deux langues françaises aujourd'hui.

---

[7] *Sans rire*

Portraits crachés

Comme en Suisse alémanique, oú l'on parle switzerdutsch, le soi-disant "dialecte", en fait une langue part entière et où l'on écrit en "bon" allemand en hoschdeutsch, deux langues complétement différentes et aussi éloignées que le hollandais peut l'être de l'allemand.

Il est de bon ton aujourd'hui de se moquer de nos amis grecs.

Pourtant nous gagnerions à aller nous faire voir chez eux.

Eux aussi avaient une langue "purifiée", la khataveroussa, création artificielle, sans racine populaire, hérissée d'archaïsmes, à la grammaire complexe et "purifiée" des apports étrangers-ce ne sont que des mots, mais ils font frémir-.

La Grèce nouvellement indépendante, l'avait adopté en 1839, avec une dynastie bavaroise. Et des resultats également désastreux.

La langue du commun, le dimotiki, n'était pas jugée assez élégante, ni assez adaptative, avec ses racines paysannes, pour un nouvel Etat moderne.

Résultat: la diglossie, ce trouble psychologique et sociologique de la maîtrise imparfaite de deux langues, avec ses effets d'exclusion sociale.

Plus une querelle linguistico-politique de 150 ans où les noms d'oiseaux ont volé bas.

Finalement c'est seulement en 1976 que le démotique a chassé la langue purifiée.

Et ce n'est pas un hasard si cela a été là l'une des premières décisions du gouvernement démocratique.

Nous aussi, nous avons une khataveroussa.

Mais nous ne nous en sommes pas encore débarassés.

 Chez nous également la langue parlée n'a plus rien à voir avec la langue écrite.
La preuve ?

Le moyen le plus simple de faire rire est de parler comme on écrit ou d'écrire comme on parle.

Et c'est pourquoi les mauvais esprits trouvent, à tort, Nicolas Sarkozy comique: au lieu de parler comme on écrit comme l'ont fait tous les présidents jusqu'à lui (ce qui, à force, avait cessé d'être comique), lui a eu le courage d'écrire comme on parle et de parler comme tout le monde.

Mal.

Portraits crachés

Et c'est bien.

S'il fallait une autre preuve du fossé immense qui sépare aujourd'hui la langue écrite, figée à jamais dans une pseudo perfection dix-septième siècle et la langue orale qui, elle, n'a cessé d'évoluer c'est vers les étrangers assez inconscients -de notre déclin- ou assez masochistes pour apprendre encore le français que nous nous tournerions.

Ils apprennent laborieusement notre langue dans des livres et sur de auteurs du dix-huitième et dix-neuvième siècle, de Rousseau à Hugo et de Voltaire à Dumas.

Du coup, projetés dans la réalite française d'aujourd'hui par la grâce d'un stage ou d'un poste, ils se retrouvent incapables de comprendre, de suivre et a fortiori de mener la conversation courante la plus basique dans la rue ou dans la vie quotidienne.

Oui la langue française telle que l'entend l'académie est presque morte.

Et c'est paradoxalement Richelieu qui l'a tuer. Avec un R. comme pour homaRd.

D'ou notre slogan "pas de non-lieu pour Richelieu, pas d'amnistie pour l'académie, pas d'acquittement pour les les nécromants !!!"

Revenons quatre siècles en arrière. Aux sources mêmes de cette nécrose.

Au XVIème siècle, ni l'orthographe, ni la syntaxe, ni même les mots ne sont complètement stabilisés.

Un même mot pouvait être orthographié de deux ou trois manières différentes à quelques pages de distance, par un même auteur, les néologismes et les mots-valises fleurissaient librement. Ca n'avait aucune importance.

Et quelle verdeur, quel jaillissement !!

Les poésies de Ronsard n'ont pas pris une ride et nous parlent, celles de Voiture, de Ménage et d'Urfé sont devenues illisibles : des mots corsetés, vides.

Et que dire des prosateurs : chez Montluc, chez Rabelais, chez Montaigne, les mots jaillissent, virevoltent au service de l'idée, de l'impression ou de la démonstration, pas de lourdeurs, pas de période ronflante.

Non, la vie. La vie tout court.

" Enfin Malherbe, vint"

écrit Boileau, cet autre crétin,

Portraits crachés

«Et, le premier en France,
Fit sentir dans les vers une juste cadence,
D'un mot mis en sa place enseigna le pouvoir,
Et réduisit la muse aux règles du devoir.
Par ce sage écrivain la langue réparée
N'offrit plus rien de rude à l'oreille épurée ».

En clair, d'une prairie fleurie il a fait un bout de gazon uniforme et terne et aujourd'hui pelé par l'usure du temps.

Pour un Blaise Pascal, lumineux et profond, combien de classiques empesés et désincarnés, au sens étymologique, sans chair, sans viande, sans tripes, sans cœur ?

Empty suits" disent les anglais. C'est exactement ça. Pas de vie, pas de sang.

Et ils s'en vantent même. Quelle platitude à côté de la langue de Shakespeare.

On objectera certainement qu'il ne faut pas confondre la langue et l'usage qu'on en fait.

Mais c'est bien la faute de la langue.

La preuve : les tentatives de réaction des romantiques pour réinjecter un peu de vie dans cette langue corsetée et déjà morte, nous paraissent aujourd'hui boursouflées. La légende des siècles ou le théâtre d'Hugo sont devenus presqu'aussi illisibles que le théâtre de Voltaire ou les vers du cardinal de Bernis.

De la première moitié du dix-neuvième siècle. Il n'y a guère que Stendhal qui surnage. C'est le seul auteur qu'on peut essayer de faire lire, en dehors des lectures obligées des cours de français, à nos adolescents.

Et encore à un adolescent sur 20. En comptant large.

Voila qui replace la diatribe du président Sarkozy sur" la princesse de Clèves" dans son contexte-

Malheureuse sur le fond certes car -le livre est tout de même un chef d'oeuvre de finesse psychologique, même si tout cela est un peu gnan-gan et que "la reine Margot" de Dumas et plus encore son adaptation cinématographique sont infiniment plus proches de la réalité du XVIème siècle-

Mais une diatribe juste sur le fond : quel ennui tout de même, quel pensum.

En complet contraste, penchons-nous un instant sur les discours du président Sarkozy.

Portraits crachés

Contrairement à ce que l'on croit, rien n'est plus préparé, rien n'est plus écrit, que les interventions "spontanées" du président.

Sur un sujet donné, au travers d'échelons successifs, des armées entières de polytechniciens, d'énarques et de normaliens écrivent et ré-écrivent le discours.

D'abord en «bon» français (donc dix-septième et cul serré, incompréhensible pour l'électeur de base) et avec un contenu cohérent, puis à mesure qu'on franchit les échelons, toujours en « bon » français, mais de manière de plus en plus incohérente et approximative, le texte perdant son unité et ses articulations initiales du fait de multiples rajouts et suppressions, selon des lois immuables décrites en détail dans l'immortel "Les lois du progrès "de C. Northcote Parkinson.

Mais il en a toujours été ainsi.

Ce qui fait l'originalité du président Sarkozy, c'est la dernière étape, celle de l'"oralisation" qui adapte le produit écrit quasi-final au style présidentiel.

C'est un processus qui repose sur des règles simples mais dont la mise en œuvre est assez complexe.

L'euphémisme en usage chez les conseillers de l'Elysée est de "trouver le rythme et la musique de la parole présidentielle ".

On est plus dans le tam-tam ou le rap que chez Mozart ou Bach.

Pas de mots de plus de deux syllabes, insertion de "euh" et de "j'vais vous dire", répétition de chaque message élémentaire par une paraphrase, suppression systématique des "ne", élision des "e" semi-muets ("j'vais") et insertion d'oxymorons ("le projet de réforme de la politique agricole commune qui est une anticipation de concessions déjà faites ailleurs », comment peut-on anticiper ce qui a déjà été fait?).

Bref une patte unique et inimitable. Et qui parle aux foules comme on n'a pas su le faire depuis une bonne soixantaine d'années.

Etc »

Ç'aurait pu être là la réforme la plus durable de Nicolas Sarkozy mais c'est hélas resté un voeu pieux.

Les deux présidents suivants sont revenus aux vieilles ornières . ils parlent comme ils écrivent.

Mais parfois ils se lâchent devant des smartphones. Et quel scandale alors !

Malgré tout, tous les espoirs sont permis à terme.

D'abord internet, Twitter, Facebook et les SMS en donnant la parole à tout le monde pour dire n'importe quoi à la terre entière ont «modernisé »l'orthographe et rapproché la langue écrite sur écran de la langue parlée.

Ensuite, l'horizon politique glorieux qui pointe à la suite du Royaume-«Uni», des Etats Unis de la Pologne, de la Hongrie, de l'Autriche, de la Turquie, de la Russie et maintenant de l'Italie, en attendant bientôt l'Allemagne et nous-mêmes, augure aussi d'une simplification prochaine de la langue.

Le bras tendu s'accommode mal des mots de plus de trois syllabes.

 Et le pas de l'oie, l'étape suivante, se dirige à coups de simples onomatopées, puisque, comme le disait si justement Einstein, la moelle épinière suffit.

André Gloupsmann

Dernier ouvrage publié: Catalogue de l'exposition "ruptures et rédemptions : variations sur les figures du traître et de la girouette dans l'art et la littérature"

(A la Bibliothèque Nationale puis en tournée dans les centres culturels des alliances françaises en Afrique de l'Ouest et au Maghreb dans le cadre du volet culturel de l'aide au retour sous le haut patronage du ministre de la culture mr Frederic Mittelbrand, du ministre de affaires étrangères mr Bernard Bouchler et le ministre de l'immigration et de l'identité nationale mr Erik Fesson)

Pour la première partie du catalogue de l'exposition "ruptures et rédemptions: variations sur les figures du traitre et de la girouette dans l'art et la littérature", centrée sur la figure du traître a sa patrie, c'est à Jacqueline de Chantilly que les commissaires de l'exposition se sont adressés et elle leur a donné son dernier texte "Alcibiade ou la peur du succès".

Pour la figure du traitre à son milieu, les conservateurs ont choisi un texte posthume de Françoise Mollo "le cas du petit Pierre J...e. et du jeune Laurent F...s, deux nouveaux Saint Francois d'Assise?"

Et qui était mieux placé qu'André Gloupsman pour rédiger la troisieme partie du catalogue, centrée elle autour de la figure du traitre à sa foi ou à ses engagements ?

Peut être Philippe Sallers qui, après une éducation provinciale chez les bons pères, a lui aussi commencé par le maoïsme frénétique de la révolution culturelle pour finir, après de multiples emballements et métamorphoses, par redevenir, aux dernières nouvelles, ce qu'il a toujours été, un grand bourgeois viveur, enfin autant que lui permet désormais son lourd kilométrage.

Phippe Sallers est un vrai Révolutionnaire, au sens étymologique, puisqu'il a accompli un cercle à 360 degrés par ce retour aux sources.

Mais Philippe Sallers, malgré le fleuve d'encre qu'il a répandu sur la plaine des lettres, a toujours eu la sagesse, lui, de s'en tenir à ce qu'il connaissait le moins mal : la littérature, la psychanalyse, la musique et l'art pictural.

Il n'a jamais donné, sauf brièvement au début, dans la leçon de politique ou de géostratégie, domaines où les ruptures et les rédemptions peuvent se déployer pleinement.

Portraits crachés

Et c'est pourquoi les conservateurs de l'exposition, après de longues hésitations, se sont tournés finalement vers André Gloupsmann.

Les seules choses en effet, qui n'aient, jamais, changées chez André Gloupsmann sont sa coupe de cheveux a la Mireille Mathieu et sa propension irrépressible à donner des leçons.

Le contenu de ces leçons, par contre, a considérablement évolué au fil du temps.

Ce n'est pas le sens de cette révolution, terriblement banal, de gauche à droite qui est remarquable.

Ni même le nombre de changements.

 Il faut bien renouveler l'intérêt du lecteur.

Mais leur vitesse, leur radicalité et leur virulence, qui, toutes, impressionnent.

Chez un homme politique cette évolution s'étend généralement sur une carrière entière et s'opère souvent de manière quasi-insensible par ce que Robbe-Grillet appelait le «glissement progressif du plaisir» (voyez Clémenceau, Millerand, Briand, Laval, Doriot et tant d'autres).

 Mais là, elle ne prend que le temps de publier un nouveau livre.

 Sans appel, il brûle ce qu'il a adoré, adore ce qu'il a brûlé.

Ardeur de nouveau converti ? Révélation ? Tempérament de feu ?

Aucune description n'est satisfaisante.

On est plutôt dans le ressort de la psychanalyse, du stade anal, du transfert, de l'image du père, de la scène primitive et de la castration symbolique.

Ses amis successifs ont fini par le surnommer "Gloups " ou encore "pacmann" en référence à sa capacité à absorber les idées les plus exotiques (maoïsme avant hier, néo-gaullisme sourcilleux hier, néo-conservatisme atlantiste à la Irving Kristol et à la Dick Cheney aujourd'hui par exemple en attendant la suite) à s'enflammer pour elles et à l'accommoder à la sauce française.

Si l'objet de l'anathème change, sa vigueur demeure, et cela seul importe puisqu'en définitive c'est elle qui fait vendre.

Si l'adage selon lequel celui qui n'a jamais changé d'avis est un imbécile, alors André Gloupsmann est très, très, intelligent.

H

Comme

Houellebecq (Michel)

Michel Houelleboucq

Dernier ouvrage publié :" La carte de France et le drap"

Toute l'oeuvre de Michel Houelleboucq jusqu'à présent semble marquée par l'antienne qu'il a entendu de la maternelle à la terminale :

-"Où est le bouc ?"

-"Dans ton cul !!!"

Slogan repris en choeur et *ad nauseam* par une classe entière.

Slogan si marquant, au demeurant, qu'il l'a inscrit en frontispice de son premier grand succès "les testicules rudimentaires".

   Même si ce harcèlement a cessé avec les études supérieures puis la vie professionnelle, grâce au vernis d'hypocrisie que la vie sociale entre adultes apporte, Michel Houelleboucq, à cinquante ans passés, semble encore tenter d'exorciser, par une sorte de catharsis répétée, cette virtuelle sodomie pourtant active.

En témoignent les autres titres de sa bibliographie :

-« Extension du domaine de la turlute",

-"HP love craft: de la poupée gonflable à la jouissance informatisée",

-"Plates formes",

-"Dans ta grotte",

-"La possibilité d'un slip",

-"Le sens du con bas",

-"Rester tendu et autres textes".

Il en va de même de ses oeuvres à quatre mains :
"
-Sévices pubiques" avec Bernard Thibaud et

-"Dindes farcies" avec Maïthé.

Portraits crachés

Pourtant, chez Houelleboucq, le sexe, omniprésent, n'est ni jouissance, ni gaudriole.

Il est misère et frustration.

Incomplétude et désespoir.

Mise à nu de l'âme et absence de rédemption.

Et c'est cette humanité profonde, comme écartelée en son milieu, qui fait, sans aucun doute, de Michel Houelleboucq l'un des plus grands écrivains de langue française vivant, en parfaite résonance avec son époque sinistre.

k

Comme

Kerviel (Jérôme)

Jérôme Queuvieil

Dernier ouvrage publié : "Comment j'ai coulé la Compagnie Générale et la société en général"

Jérôme Queuvieil restera comme l'auteur d'un seul livre.

Mais quel!

« Comment j'ai.. » est un document exceptionnel.

Il s'agit de la première version du livre de Jérôme Queuvieil, avant que son avocat ne le fasse réviser par un nègre, sur la forme, et par un cabinet de conseil en communication, sur le fond.

Le manuscrit original avait en effet deux caractéristiques frappantes.

D'abord, il faisait montre d'une acrimonie sans relâche a l'égard des "seigneurs" des salles de marchés, dont il n'était pas, au point de les traiter de tous les noms et d'en dresser un portrait tellement crû qu'il en devenait presque injurieux.

Mais le lecteur, et l'électeur, ne se laisseront pas abuser par ces allégations : des irresponsables complets jouant à la roulette l'épargne de pauvres épargnants, de telles choses ne peuvent tout simplement pas exister.

Ça se saurait.

En second lieu, le manuscrit révélait une totale absence de remords.

Ces deux éléments étaient clairement de nature à indisposer fortement les juges.

Dans ces pages, Jérôme Queuvieil révèle une personnalité complexe.

Il est à la fois fasciné par la puissance et la complexité du monde financier incarnées par la salle des marches et écœuré par sa vulgarité, désintéressé, ou presque, pour lui-même mais âpre au gain pour sa banque, au point de jongler avec des millions, puis des milliards, qu'il a fini par croire virtuels.

Il ne faut pas chercher très loin l'origine de ces contradictions et de ces déchirements.

Jérôme a été marqué de manière indélébile - par opposition à immaculée - par son éducation chez les bons pères.

Il lui en reste d'ailleurs une culture historique et littéraire surprenante pour une profession ou l'horizon de lecture ne dépasse généralement pas les catalogues des firmes BMW, Porsche et Ferrari.

Il y a dans sa volonté cumulée de puissance et d'abjection du Camus de "l'Etranger", du Sartre du "Mur", du Céline du" Voyage", du Virginie Despentes de "Baise moi" et même du Nicolas Sarkozy de "Mandel, le moine de la politique".

C'est à cette puissance lyrique du désespoir, de la spirale et du virtuel que nous voulons rendre hommage.

I

Comme

Larson (Stieg)
Leroy-Ladurie (Emmanuel)
Lorenz (Konrad) et Hayek (Friedrich)

~ 155 ~

Stieg Klakson

Dernier ouvrage publié (posthume) : "La fille qui buvait de l'aquavit au petit déjeuner -Pandemonium tome 4- "

(

Grâce aux Editions Actes Nord, de Göteborg, nous pourrons bientôt lire le tome 4 de Pandémonium, manuscrit posthume de Stieg Klakson qui, à lui tout seul, résume son œuvre, ses thématiques et son style : de la neige ,du sexe et du sang.

Snow, sex and blood, ce trio magique qui fait le succès des polars nordiques depuis quelques années.

Le manuscrit a été retrouvé dans le coffre arrière de la Volvo de feu Stieg Klakson, sous le tapis de sol.

Le véhicule, qui avait vingt ans d'âge et n'était plus coté, était au nom de sa compagne, pour une sombre histoire de malus d'assurance après un accident en état d'ivresse.

Ladite compagne avait été, par ailleurs, totalement spoliée de la succession. Comme en matière de meubles, possession vaut titre, la malheureuse tient là sa revanche.

On y retrouve tous les personnages de Larson : le journaliste Eckhart Tequist, son ex-compagne punk et hacker Lisbeth Haddedoe, le magnat du meuble en kit Ingmar Krampredd, la mafia russe, un gang de hells angels, un conglomérat chinois, le groupe Appla et beaucoup, beaucoup, de neige fondue.

L'intrigue s'inscrit dans la lignée des trois tomes précédents : le journaliste Eckhart Tequist, ruiné par un procès en diffamation intenté par le groupe Appla, se voit offrir l'occasion de se refaire, en enquêtant pour le compte du magnat du meuble en kit Ingmar krampredd dont le catalogue en ligne est menacé par des hackers à la solde de la mafia russe. Le passé trouble du magnat resurgit.

Pourtant on perçoit chez Larson de la lassitude et l'approche de la mort.

Il va jusqu'à prévoir une happy end : après beaucoup de ligotages, de passages à tabac et de cadavres, Eckhart Tequist et Lisbeth Haddedoe récupèrent assez d'argent pour écrire un livre sur les Sex Pistols tandis que le magnat du meuble en kit Krampredd décide finalement de s'installer en Suisse pour se rapprocher de ses nouveaux partenaires en affaires.

Emmanuel Legoître Ladurite

Dernier ouvrage publié: »L'inceste dans la société rurale, une pratique transgénérationnelle endogamique de contrôle démographique et de sociabilité »

Nous devons à l'école des anales aussi bien des monographies comme "histoire des trépanées au temps de Philippe II" de Bernand Fraudel ou "Le choc bactérien en retour du nouveau monde : histoire de la syphilis au XVIème siècle" de Pierre Chaugrenu, que de magistrales synthèses comme "L'identité de la tranche : vingt siècles de viande rôtie en France " du même Bernand Fraudel ou "Le chevalier, la femme, le prêtre et la sacristie" de Georges Dubyt.

Emmanuel Legoître Ladurite s'inscrit dans cette double filiation. Après deux monographies remarquées "Mondevenious, village occitan" et "Le carnaval de Riaux", Il nous livre une magistrale synthèse sur la société rurale occidentale médiévale.

Encyclopédie, le mot est lâché.

Comme au dix-huitième siècle, c'est en y écrivant des articles que nos philosophes et savants d'aujourd'hui diffusent leurs recherches.

Mais à la différence de Rousseau et de son article sur Genève par exemple, point de digressions, point de message révolutionnaire caché, point d'empathie avec le sujet.

Il s'agit d'une histoire objectivée, réifiée même, d'une analyse des structures pérennes au-delà des vas et viens apparents du temps court.

Même si cette histoire concerne les mentalités et les comportements, l'historien doit faire preuve du plus total détachement émotionnel, de la plus grande distance personnelle possible vis à vis du sujet qu'il traite.

Emmanuel Legoître Ladurite y parvient à merveille dans cet ouvrage consacré à la pratique de l'inceste.

Konrad Grorengz et Friedrich Heilek

Dernier ouvrage publié : « Zoologie et fonction publique, dégénérescence et état providence, pour un retour à l'ordre naturel des choses : prédation et agression. »

 Sous ce titre, à la légèreté toute germanique ("Tierkunde und öffentlicher Dienst, Degeneration und Wohlfahrtsstaat: für eine Rückkehr hat die natürliche Ordnung(Auftrag) der Sachen, der Vorübergabe und des Angriffes" (dans le texte) se cache un article, en forme dialogue socratique, rédigé à deux mains par Konrad Grorengz et Friedrich Heilek.

Il ne figure pas dans les bibliographies respectives des deux prix Nobels, car il a été refusé par toutes les revues savantes auxquelles il a été proposé, qu'elles soient de zoologie, d'éthologie, de science politiques, de sociologie ou d'économie, officiellement pour "hors sujet", officieusement pour gâtisme précoce.

Les deux hommes, unis par des convictions fortes, forgées dès les années trente, en ont été fort meurtris

Même le zoo de Vienne et la Société du Mont-Pèlerin, fidèles d'entre les fidèles ont refusé de le publier à compte d'auteur. Ils ont par contre pris en charge deux infirmières spécialisées en gériatrie, qui n'ont plus quitté les deux prix Nobels.

Ce n'était pourtant pas la première fois que Konrad Lorenz partageait ses convictions fortes avec un autre intellectuel germanique de haut vol, puisqu'il l'avait déjà fait avec Karl Poppers ("l'avenir c'est demain et après", Champs Flammarion).

Cet ostracisme des bien–pensants est éminemment regrettable car la thèse soutenue ici est d'une lumineuse évidence.

On sait que pour Konrad Grorengz, l'anthropocentrisme, la projection de comportements et de sentiments humains sur des animaux n' a aucun sens.

En revanche, pour lui, le concept symétrique, le zoocentrisme, la projection de comportements animaux sur des humains, est absolument pertinent et fournit une explication à tout.

La fonction publique et les fonctionnaires lui posait toutefois un problème conceptuel majeur, car il n'y a pas, du moins *a priori*, de fonctionnaires chez les animaux.

Serait-on là en face d'une caractéristique purement humaine ?

Que nenni ! répond-il de concert avec Friedrich Heilek . La combinaison de deux de ses théories de base, celle de l'agression et celle de la dégénérescence, suffisent à expliquer cette anomalie et, mieux encore, à la corriger.

L'avènement de l'Etat providence a rendu le fonctionnaire honnête et l'a mis au service de tous et non plus des seuls puissants.

Ce faisant, le fonctionnaire a abandonné sa nature de prédateur et la juste voie de l'animalité et de la bestialité.

L'Etat providence doit disparaître pour que la société totalement domestiquée, et bientôt dégénérée, redevienne ce qu'elle a toujours été, une jungle, où seuls dominent es plus forts.

Et, accessoirement, leurs auxiliaires.

M

Comme

Mitterrand (Frédéric)

Frédéric Mittelbrand

Dernier ouvrage publié : "Sous l'aile brisée de l'aigle : destinées tragiques de reines et de presque reines"

Il a été ministre de la culture d'un président dont ce n'était apparemment pas la préoccupation première.

Et ce non pas à cause de ses talents artistiques, mais presqu'en dépit d'eux, et bien plutôt par la grâce d'un nom célèbre de l'autre bord (belle prise ou gibier faisandé, l'histoire tranchera).

Mais avant cela, Frederic Mittelbrand a eu plusieurs vies.

 Parmi elles, celle de chroniqueur lyrique de destins illustres fracassés par l'histoire.

Sous le titre, comme toujours très sobre, de "Sous l'aile brisée de l'aigle : destinées tragiques de reines et de presque reines", il s'intéresse aux épouses des dirigeants qui ont d'une certaine façon, par leur permanence, incarne le visage de leur pays, avant de sombrer, emportes par le flot de l'histoire.

C'est aussi un journal de voyage, car il a séjourné, parfois longuement, dans le pays de ses héroïnes et un journal personnel car il a été souvent l'ami et le confident de ces étoiles lointaines.

Après "Soraya, Persépolis", "Chiang Ching, Pékin", "Elena, Bucarest", "Jihane, Le Caire", "Madeleine, Libreville" "Catherine, Bangui", voici "Leila, Carthage", un témoignage bouleversant, écrit dans l'urgence et sous le coup de l'émotion et dont l'actualité résonne encore à nos oreilles.

Ce livre existe en version audio.

La voix de l'auteur, avec sa scansion si particulière du texte, y fait merveille.

A l'écouter on est presqu'ému aux larmes devant ce destin brisé.

O

Comme

Onfray (Michel)
Ormesson (Jean d')
Oster (Christian)

Michel Confray

Dernier ouvrage publié : "Un grand coup de pied au ça : pour en finir avec la névrose du Freudisme, une auto-analyse"

Dans ce bref opuscule Michel Confray lance un cri d'alarme.

 Il nous dévoile   comment Freud et ses séides sorbonnards et germanopratins ont ruiné la liberté de pensée et le compte en banque de générations d'intellectuels français.

Règlements de compte.

"Laissons là l'homme.

Je ne parle pas l'allemand et je produis un livre tous les six mois. En bon intellectuel français, je me refuse à me documenter.

Je laisse cette tache médiocre à la corporation besogneuse des biographes.

Je suis un penseur moi, pas un chercheur-

J'ai autre chose à faire que de lire des livres.

J'en écris.

200 pages, à l'arrache, trois interviews, une bonne polémique et je passe au bouquin suivant, c'est ça le cycle littéraire.

De toute façon l'homme importe peu.

Comme le dit Paul Valéry, l'homme n'explique pas l'œuvre et pourtant Valéry était aussi ennuyeux que son œuvre, plus peut être même, ce qui n'est pas peu dire.

Freud était macho ? La belle affaire !

 Les féministes de sexe masculin étaient rarissimes à l'époque.

Peu me chaux également qu'il ait été antisémite, il avait simplement soif d'intégration.

Portraits crachés

Il a été un temps fasciné par les nazis, certes, mais qui ne l'était pas alors ? Cet apparent relèvement économique, ces enfants blonds, ces uniformes, tout ce cuir, ces chants, ces bannières, ces oriflammes et ces flammes ....

Passe encore qu'il ait été obsédé sexuel et ait généralisé et théorisé ses propres névroses et obsessions. Comment ne pas être obsédé et névrosé à une époque où le bordel était une institution sociale centrale mais où on voilait encore les pieds des tables parce qu'ils pouvaient faire penser à des chevilles de femmes ?

Peu m'importe aussi qu'il ait truqué ses résultats expérimentaux, c'est là une pratique courante des scientifiques et d'une certaine façon cela élève ses travaux au niveau de la scientificité.

 il n'y a pas besoin de truquer quand on délire simplement, il y en a besoin par contre lorsque que l'on structure, pour tout faire rentrer dans des catégories que l'on présente comme absolues et qui sont par essence approximatives, arbitraires, réductrices et bricolées.

Je suis également totalement indifférent au fait qu'il ait plagié, imité, piqué des idées à d'autres.

Que croyez que fassent les professeurs d'universités avec leur thésards et la plupart des gens qui publient des signes imprimés qu'il s'agisse de journalistes, de chercheurs, d'écrivains ou même d'auteurs de mots croises, de notices techniques ou de prospectus publicitaires ?

Comme le dit Montaigne dans une de ses lettres à La Boétie "depuict les anciens, on s'estoit tanct pompé et enstre-pompé que le monde en estoit teste bêche" et il le savait bien lui qui a pompé les moralistes antiques avant de se faire pomper, sauvagement, par Pascal.

Les américains appellent cela une «daisy chain».

 Voyez aussi Schopenhauer: "le monde des idées est un palimpseste, ou plutôt un citron pressé jusqu'au zeste" avant d'ajouter en vrai amoureux de l'Italie "mais c'est le zeste qui donne son goût au Limoncello..."

De même, que Freud ait re-packagé des concepts existants en leur donnant un nom sexy me laisse de marbre.

Le culte du nombril est déjà la chez Saint Augustin et Amiel et dans l'Adolphe de Constant, mais qui les lit encore ?

 Le gout du panpan cucul est dans les Confessions de Rousseau et celui du pipi caca chez Sade.

Portraits crachés

Le "j'assassine papa pour prendre sa place dans le lit de maman" chez Eschyle, Euripide et Sophocle.

Et le "je fais ce que je veux et je vous emmerde tous", chez Suètone racontant Tibère, Néron ou Caligula.

les romains étaient des théoriciens assez pauvres mais de remarquables expérimentateurs (voir mon livre "Anti-histoire de la philosophie, tome 2 les péripatéticiens") .

Bon, très bien, mais convenez que "ça" , "moi" et "surmoi", "principe de plaisir" et "principe de réalité" j'en passe et des meilleurs, ça a une toute autre gueule.

Peu m'importe également qu'il ait manipulé ses collègues, ses disciples et ses patients, joué les gourous, encouragé les chapelles, soutenu l'une puis l'autre et de manière hypocrite, trahi ses amis, divisé pour régner, trompé sa femme peut être, négligé ses enfants et excommunié quiconque pouvait lui faire de l'ombre.

Réveillez vous !

Nous ne sommes pas chez les bisounours.

Tout ça est l'essence de la vie en société et plus encore de la vie intellectuelle.

Vous n'avez donc jamais eu de collègues, d'amis, de famille ou mieux encore de stagiaires ou d'admiratrices ?

Venez avec moi au Café de Flore ou à la Closerie des Lilas et je vous montrerai ce qu'on peut faire avec ce beau matériel humain.

Laissons là également l'oeuvre.

Mal traduite me dit on - je suis incapable de juger - publiée chez Payot uniquement, donc rare et chère, et développée progressivement donc pleine de remords et de contradictions.

Non je laisse à chacun le soin de se remémorer ses lectures de terminale.

Sans caricaturer aucunement, c'est une simple clé des songes revue pipi caca maman schlicka schlicka comme l'écrit si finement Edika, l'un des plus grands penseurs de notre temps- qui en est chiche- avec Binet.

Portraits crachés

Je concède même qu'il y a des fulgurances, le stade anal par exemple, un concept d'une puissance explicative rare : mon éditeur en est encore là quand on parle d'avance pour mon prochain livre, il retient ses euros comme l'enfant chez Freud retient ses excréments.

Mais appesantissons nous plutôt sur les conséquences, sur la chape de plomb qu'ont fait peser, que font toujours peser, les freudiens sur la vie intellectuelle française depuis plus de cinquante ans.

D'abord, à Paris on n'est personne si l'on n'a pas fait une "analyse".

Parlons en, étaler tous ses misérables petits tas de secrets, comme disait Malraux, pendant qu'un type assis à côté, fait "hon, hon..."

Avant de finalement lâcher au bout d'une heure sa première phrase intelligible "c'est 100 euros".

 Et ça toutes les semaines pendant cinq ou dix ans, et pas remboursé par la sécu.

Faites le compte, vous y laissez, en gros, une BM (série 3 ou 5) ou l'équivalent d'un studio dans un quartier décent de Paris, ou encore un diner bi-hebdomadaire a la closerie.

Et tout ça avant d'avoir vendu votre premier livre.

 Sur un salaire d'enseignant, même universitaire, je ne vous dis pas la ponction.

 Et pourquoi à la fin ?

Juste pour pouvoir dire, comme les autres, avec des intonations légèrement trainantes "alors, pendant mon analyse...".

Un peu cher payée la pose quand même.

Et le seul truc qui marche à tous les coups dans l'analyse, c'est le transfert. C'est garanti sur facture (même si d'ailleurs on paie toujours en liquide).

On a beau le savoir, ça vous tombe dessus comme un trente-cinq tonnes au détour d'un passage piétons. Et vous n'y pouvez rien.

Ca m'est évidemment arrivé aussi. Seul problème : mon psy était un homme, gros, à moitié chauve, et dont les cheveux restants étaient gras, mais j'en étais raide-dingue.

J'ai mis des années à m'en remettre.

Portraits crachés

Et puis prenez Lacan ,le grand prêtre, et l'injustice faite homme : moche comme un pou, mais toujours suivi par une cohorte de groupies, dont certaines, ma foi, regardables.

Un homme qui n'a presque jamais écrit de livres mais dont les simples transcriptions sur bande magnétique de conférences erratiques et peut être prononcées sous l'emprise de la boisson, entraient immédiatement dans le top10 des ventes des PUF.

Un homme enfin qui a fait passer le jeu de mots de garçons de bains, je dis bien le jeu de mots à 100 balles, pas la contrepèterie cet art noble et subtil, du genre "comment vas tu-yau de poêle", au rang d'énigme métaphysique au signifiant caché et dont personne, je dis bien personne, ne saurait mettre en doute la profondeur sous peine des foudres de Dieu le Père et de ses zélotes.

Eh bien moi j'en ai assez de cette sorte de Darry Cowl panthéonisé.

 J'ose me dresser, m'ériger, m'érecter même.

Je crache sur la tombe de Lacan et je lui réponds, tout haut et très fort:

"Pas mal et toi-le a matelas, connard! !!! ".

Que les harpies, gardiennes du temple freudo-lacanien viennent me prendre et me déchirer, je suis là, nu et offert, sur le parvis.

Et je leur dis merde.

Etc…"

(Aux dernières nouvelles madame Boubinesco s'est dévouée et a répondu à cette invite)

Jean d'Oraison

Dernier ouvrage publié (posthume) : »L'insoutenable légèreté de l'avoir »

Jean d'Oraison a longtemps fait le désespoir de son père.

Il faut dire qu'il avait un père remarquable.

Un homme dépourvu des préjugés de sa caste, malgré son nom à 5 tiroirs, un ami de Léon Blum, un diplomate en poste à Londres sous le Front populaire.

Il y rabrouait Paul Morand, grand écrivain certes, mais individu profondément déplaisant et parasite vivant grassement aux frais de la République qu'il abhorrait, et ne faisant que des apparitions épisodiques au travail, travail traité par-dessus la jambe, dans une période pourtant dramatique.

Ledit père aurait eu du mal à comprendre comment son fils a pu se retrouver un jour dans un cercueil, drapé de bleu blanc rouge, dans la cour des Invalides et loué par un jeune président lettré.

Nous aussi d'ailleurs.

Magie des yeux bleus, de la voix flûtée et du chochottement distingué?

Magie des tirages mirifique d'une prose, certes harmonieuse et coulant tel un vaste fleuve aux reflets brillants, mais qui dissimule une bien faible profondeur ?

Il y a du Prince de Ligne chez lui.

Le Prince de Ligne écrivait comme il parlait, élégamment, abondamment, spirituellement, inondant l'Europe de ses bons mots, de ses trouvailles et de ses finesses.

Mais qui lit encore le Prince de Ligne aujourd'hui, alors qu'on lit encore Flaubert, ce laborieux.

Ou, du moins, on fait encore semblant.

Michel Tournier où Marguerite Yourcenar, écrivains autrement plus profonds, n'ont quant eux pas eu droit à tous ces honneurs.

Alors ? l'effet « Grosses têtes » peut-être…

Portraits crachés

La perfection est haïssable chez autrui et il faut dire qu'il était presque parfait: beau comme un Dieu, aimé des femmes, sympathique, spirituel, brillant…

Bref, une vraie tête à claques et, en d'autre temps et autres lieux, un parfait candidat pour la bite au dentifrice ou au cirage.

Trop d'aisance.

Et l'aisance, il y des lieux pour ça.

Mais relevons le débat, après avoir laissé parler nos tripes.

Ce qui irrite chez Jean d'Oraison ce n'est pas son brio, manifeste, ni son intelligence, normale-Ulm quand même, ou son talent, indéniable, c'est son insoutenable légèreté.

Non pas l'insoutenable légèreté de l'être, mais l'insoutenable légèreté de l'avoir.

Cette cuillère en argent portée avec la vulgarité d'une gourmette, cette distinction au sens bourdieusien du terme, alors que son intelligence et son talent auraient pu le dispenser de ces coquetteries et de ce dandysme.

Sans faire de l'ouvriérisme primaire, c'est tellement plus facile d'aimer Venise si vous n'êtes pas coincé à Maubeuge ou Valenciennes (où il n'a s'en doute jamais mis les pieds).

Et cela vaut aussi bien pour Alain Juppé et Paul Morand, encore lui.

De même, rien ne l'obligeait avec ses antécédents familiaux à fréquenter les bio-fascistes et les païens du GRECE, Louis Gaubbels et Alain Grignoteray nid à leur donner une tribune sur papier glacé avec Le Bigaro Magazine.

Là encore, passe s'il s'était agi au moins de convictions, comme chez Céline, ou de provocation, comme chez les hussards.

mais non.

Il se plaisait à citer Rivarol "je suis pour les droits de l'homme, encore faut-il s'entendre sur ce qu'est un homme".

Il n'en pensait pas un mot bien sûr, trop éduqué et trop intelligent pour cela.

C'était juste pour horrifier papa, père plutôt.

C'était juste de la légèreté, de la pause, de l'inconscience, de l'esthétisme.

On sait où ce genre d'esthétisme a mené Drieu ou Brasillach.

Mais Les Feux de Walpurgis n'ont pas roussi un seul poil de notre héros tricolorisé.

Il est vrai qu'à notre époque frivole et dépourvue de mémoire, toutes les inconséquences sont permises, pourvu qu'on puisse briller sur un écran de télévision.

Et là, Jean d'Oraison, tiré à quatre épingles, dents blanches, regard bleu acier, petite crinière au vent, spirituel, n'avait pas de rival.

Il est mort à une semaine d'écart notre rocker national, son absolue anti-thèse : un homme à l'expression orale laborieuse, aux origines modestes, à l'humilité attendrissante, à la fragilité manifeste, aux goûts un peu vulgaires et qui, lui aussi, a su faire rêver les foules.

On pourrait presque intervertir leurs éloges funèbres.

La cour des Invalides contre le parvis de la Madeleine.

Jean d'oraison entouré de bikers et Johnny Holyday entouré d'académiciens.

Le même jeune président à la manœuvre au micro.

On peut rêver.

~ 177 ~

Christian Oyster

Dernier ouvrage publié :"Le vilain petit canard de l'île de la Jatte", Extrait de la série"la politique: contes de fées pour adultes"

Christian Oyster, par ailleurs auteurs de polars et de romans littéraires primés, est célèbre dans le petit milieu de la littérature enfantine pour ses contes de fées ré-adaptés de manière moderne, poétique et un peu surréaliste.

Lassé des lazzis de son entourage sur l'homonymie entre son nom et celui du modèle vedette de la firme Rolex, montre favorite d'un ex-président, il a décidé d'écrire également des contes de fées pour adultes.

Le conte du "vilain petit canard de l'île de la Jatte" est librement inspiré de celui du grand conteur danois du di- neuvième siècle Hans Christian Anglobsen.

Il se situe dans le livre entre un conte sur Ségolène Royal "Mélusine en faillite ou les mésaventures de la sirène du Poitou" et un second conte consacre a Nicolas Sarkozy "Nico, le trésor et le bouclier magique".

 Il y prouve qu'on peut être un vilain petit canard tout en adorant les poulets.

p

Comme

Perec (Georges)
Pernaut (Jean-Pierre)
Poivre d'Arvor (Patrick)

Georges Erec

Dernier ouvrage publié (posthume) : «A qui ce petit phallus doré sur la table en marqueterie sous le Fantin-Latour ? ou l'album du baron, Roman à contrepets»

Georges Erec était l'un des principaux animateurs du mouvement littéraire OLISBOS (Ouvroir de LIttérature Sémantique BOoléenne Spécifique) dont l'ambition était selon sa propre expression "de mettre la littérature cul par-dessus tête et fermement".

Et ce, en la faisant obéir à des règles formelles aussi contraignantes que celles qui régissent l'écriture des programmes informatiques.

Ces milliards de bits impeccablement ordonnés et articulés, au prix d'un labeur intense et sans fin, tous ces zéros, tous ces uns, le fascinaient en effet.

Raymond Quenouille fut aussi membre de ce mouvement, puis le quitta, avec fracas, mais sans ressentiment.

D'où le surnom de "quenouille sans haine" que lui donnèrent, par la suite, les membres du mouvement, qui le considéraient encore comme l'un de leurs pairs.

Aujourd'hui l'OLISBOS est surtout connu par sa variante spontanéiste anglo-saxonne, le mouvement DILDO (Do It yourself, Don't Let them DO) qui est très populaire chez les geeks et les Nerds de la Côte ouest.

Dans son dernier texte, au titre inhabituellement sobre « A qui ce petit phallus doré sur la table en marqueterie sous le Fantin-Latour ? ou l'album du baron, Roman à contrepets». C'est une évocation de la tristement célèbre affaire Bittencour, Georges Erec s'y montre fidèle à son programme de contraintes formelles sans cesse renouvelées.

-Après avoir écrit un livre entièrement dépourvu de la lettre "E",

-puis un livre ne comprenant comme voyelles que des E,

-multiplié les palindromes et les lipogrammes,

-après avoir produit le premier dictionnaire française des élisions ("endimanché =di"; éditions de Minuit moins le quart, 2007) dont la diffusion est hélas restée confidentielle,
il a décidé, cette fois, de multiplier cette figure de style admirable de langue française et qui n'a d'équivalent qu'en chinois la contrepèterie[8].

Pour Georges Erec la contrepèterie est une passion, une insulte et un défi.

Une passion, parce que c'est un objet totalement mathématique et donc informatisable puisqu'elle s'apparente à une permutation de termes dans une matrice.

Une insulte, parce qu'elle est le prototype de ce qu'on pourrait appeler un bug, pardon une bogue linguistique.

 La fourche qui langue, le *lapsus calami* est à l'orateur ce que le programme qui crashe est au Nerd.

On connaît la fascination de Georges Erec pour les nombres, la symétrie et les emboitements en abîme.

Son roman compte donc 69 chapitres comportant chacun très exactement 69 contrepèteries.

 D'une certaine façon en les utilisant *ad nauseam*, Georgs Erec crée une catharsis.

 Il cherche à exorciser les contrepèteries, à les bannir à jamais de ce langage qu'il veut épurer jusqu'au dépouillement comme le sont l'assembleur, le pascal, le cobol et le C++.

En n'en donnant jamais la solution, il redonne son innocence au texte dont elles pourraient être tirées.

En en saturant le lecteur, il les lui rend inoffensives.

En en usant, il les usent à jamais.

Comme en son temps Malherbe, le bien nommé, il arrache symboliquement ces mauvaises herbes de notre langue.

---

[8] Ce n'est pas tout à fait exact, il existe en anglais quelque chose d'approchant, le spoonerism du nom du révérend William Archibald Spooner (1844-1930) qui en parsemait, volontairement ou non, ses sermons. Eu égard à sa respectable origine, le spoonerism n'a jamais pris la dimension égrillarde qu'il a toujours eu en France depuis Rabelais, ni été élevé, comme chez nous, au rang de grand art. Pourtant il avait tout pour, puisque Shakespeare lui-même, le Barde, le pratiquait dans le même esprit : "pheasant plucker" ou "those girls have a cunning array of stunts"

Jean Pierre Pernod

Dernier ouvrage publié : « A pied, à cheval, en voiture et en avion: les véhicules des présidents de la République Française de Louis Napoléon Bonaparte à Nicolas Sarkozy »

Est-il besoin de présenter Jean Pierre Pernod, notre JPP national et certainement pas socialiste ?

Depuis vingt ans, c'est le visage de la mi-journée d'une chaîne de télévision populaire de qualité bien connue.

Ses reportages sur les terroirs, "qui ne disent pas de mensonges" comme il se plaît à le répéter, en ont fait un héros de la France profonde.

Mais contrairement à ses confrères Pierre Ponte et Frederic Gerbal, il n'hésite pas en tirer des leçons et à fustiger ces villes perverses et cosmopolites qui peu à peu anémient et détruisent nos campagnes.

Michel Houelleboucq en a fait dans "la carte de France sur le drap", un prophète encore incompris, le penseur et l'architecte d'une France du 21 ème siècle régénérée par ses monuments historiques et ses spécialités culinaires.

Un luna park serein, irrigué et revivifié par les devises fortes de chinois, de brésiliens, d'indiens de russes enrichis, un peu comme l'était la Suisse au dix-neuvième siècle pour les riches anglais, et au vingtième pour les riches arabes, russes et chinois.

Soupçonnant, probablement à tort, quelque perfidie (Houelleboucq est toujours sincère dans ses admirations comme dans ses détestations et c'est cela qui le rend dérangeant), JPP n'a pas commenté publiquement l'érection de ce surprenant piédestal.

Pourtant, malgré, ou plutôt à cause de, son âge, ce genre d'érection devient rare.

Par pudeur aussi.

Car il sait, au fond, que cet hommage est mérité.

Il a distrait une partie de son précieux temps, pour s'intéresser à la vie de ceux qui incarnent la grandeur de la France.

Portraits crachés

Il entame sa série "avec les présidents" par cet "à pied, à cheval, en voiture et en avion " qui décrit, avec l'aide des meilleurs historiens spécialisés, les chars de l'Etat et de ses dirigeants.

Y sont évoqués entre autres le landau de Louis Napoléon, la monture de Félix Faure, la Renault 24 HP d'Armand Fallières, la DS recarrossée par Chapron du Général, et pour conclure en apothéose l'Airbus A 330-200 de Nicolas Sarkozy. .

 A l'opposé des railleurs qui ont surnommé cet appareil, indispensable à un président du G20, "Air Sarko One ", JPP a traité ce sujet délicat avec tout le tact, le respect et la déférence qu'il mérite.

Ce n'est pas pour rien qu'on l'a surnommé "le Saint Paul du pauvre", surnom qu'il revendique d'ailleurs en citant lui-même l'Ecriture :

« C'est pourquoi celui qui résiste à l'autorité, résiste à l'ordre que Dieu a établi et ceux qui résistent attirent sur eux-mêmes une condamnation » (Epitre aux romains ,13,2).

Paulinien encore, le rôle des animatrices féminines dans son émission

" Que vos femmes se taisent dans les assemblées, car elles n'ont pas mission de parler, mais qu'elles soient soumises. Comme le dit aussi la Loi, si elles veulent s'instruire sur quelque point qu'elles interrogent leurs maris". (première épitre aux colossiens 14, 34-35)

 Le second ouvrage de la série « Avec les présidents", devait s'intituler joliment "Donner le temps au temps " et être consacré aux instruments qui rythment le temps de nos dirigeants.

Ceux-ci ont en effet un rapport très particulier et personnel au temps, puisque leur tâche écrasante requiert à la fois des réactions rapides dans un environnement frénétique et l'inscription de leur vision dans la durée.

JPP voulait donc évoquer donc ainsi le clairon du Général, la montre molle commandée par Georges Pompidou à Dali, la pendulette du grand père Agénor Bardoux de Valéry Giscard d'Estaing, le sablier dont Jacques Attali fit don à François Mitterand, le chronomètre étanche "shower resistant" de Jacques Chirac et la Rolex de Nicolas Sarkozy.

Un sévère AVC a malheureusement mis fin, on l'espère provisoirement, à ces velléités littéraires.

 Curieusement si cet AVC a paralysé sa plume, il n'a pas affecté les capacité de Jean-Pierre Pernod à présenter son journal de 13 heures et à et à lire son prompteur.

Mystères insondables du cerveau humain... Reptilien en l'occurrence.

Thomas Picotty

Dernier ouvrage publié : « Das Kapital »

Un économiste peut-il être rock'n roll ?

 Pour Thomas Picotty, la réponse est définitivement oui.

 La preuve ? Son dernier livre « Das Kapital », connait un immense succès outre-Manche et outre Atlantique.

 Thomas Picotty rejoint ainsi au Panthéon des intellectuels français waterproof, Roland Barthes, Michel Foucault et Jacques Derrida dont les fulgurantes obscurités ont fait les délices d'une frange d'universitaires anglo-saxons en mal d'éxégèses subtiles.

Mêmes causes, mêmes effets?

Outre-Manche, Thomas Picotty rejoint sur la liste des best sellers d'origine française Catherine Miyet et Michel Houellebecq qui ont eu l'heur de conforter l'image que se font les anglais de nos compatriotes : des porcs - et des truies- assoiffés de stupre.

Mêmes causes, mêmes effets à nouveau ?

 Ce n'est pas à nous de répondre mais à sa compagne Aurore Fulminetti et apparemment aux mains courantes de leur commissariat de quartier qui ont enregistré aussi bien leurs esclandres conjugaux que leurs réconciliations spectaculaires et enthousiastes donc sonores, sources de nouvelles mains courantes, cette fois des voisins pour tapage nocturne.

Et diurne également, car ils sont tous deux en pleine santé. Mais, comme le disait le philosophe stoïcien romain Legitimus, «tout ceci ne nous regarde pas».

Gageons que l'idée, lumineuse de Thomas Picotty de reprendre le titre du best-seller de Karl Marx « Das kapital », n'avait aucune visée marketing.

Certes les éditions Robert Laffont nous annoncent maintenant une "richesse des nations" par Alain Minc (il aurait eu de toute façon du mal à produire une "richesse des notions"), tandis que Jacques Attali nous prépare, en guise d'opus semestriel, un

"Essai sur le principe de population" à paraître, fort logiquement, aux éditions du Fleuve Noir.

Bernard Tapie n'est pas en reste avec sa "Théorie générale de l'emploi, de l'intérêt et de la monnaie" aux éditions numéros un, sans parler du "nouvel évangile" ouvrage collectif du service économique de BFM-TV sous la direction de Nicolas Doze, aux éditions TF1.

En ces temps où la librairie principale des Presses Universitaires de France, place de la Sorbonne ,a été remplacée par un magasin Nike (ne prononcez pas naïk à la française, mais naïki à l'américaine ou à la rigueur niké a la grecque qui veut dire, paradoxalement, victoire) on ne peut que se réjouir de voir que des éditeurs importants, au public large et aux visées populaires s'intéressent à l'austère science économique, cette "science sinistre", comme disait si joliment Malthus.

 De même nous devons nous réjouir de vivre dans une époque qui au lieu d'adorer, de vitupérer ou d'ignorer ses classiques les revisite et les renouvelle.

Comme disait si justement une des banderolles des indignados occupant la puerta dcl sol "Vivimos en una epoca formidable".

Il est vrai qu'avoir le gîte et le couvert chez ses parents jusqu'à 35 ans c est bien plus que ce que Oliver Twist n'aurait jamais rêvé d'avoir.

Patrick Selles d'Armor

Dernier ouvrage paru: «Les Dumas, trois mousquetaires de leurs vies»

La terre entière, ou plutôt le tout Paris des médias et de l'édition, mais c'est presque la même chose, brûle aujourd'hui ce qu'elle a adoré hier, et s'acharne sur Patrick Selles d'Armor en l'accusant de plagiat.

Tout ça parce que des journalistes ont reçu, par service de presse, une épreuve avec des citations *verbatim* de plusieurs dizaines de pages des « trois Dumas » d'André Maurois.

Tout ceci n'est qu'un vaste malentendu, lié à de malencontreux problèmes informatiques et nous allons l'expliquer en détail.

Ceux qui, hier, se prostituaient presque, par attachées de presse interposées, pour obtenir de passer dans une de ses émissions littéraires ou au journal de vingt heures n'ont pas aujourd'hui de mots assez durs pour lui.

C'est là une attitude peu charitable et surtout bien imprudente.

le Christ n'a-t'il pas dit que seul celui qui n'avait jamais pêché pouvait jeter la première pierre ?

Nous citons. par ailleurs, dans cet ouvrage, la profonde pensée de Montaigne dans une de ses lettres à La Boétie.

"Depuict les anciens, on s'estoit tant pompé et enstre-pompé que le monde en estoit teste bêche."

Ce n'est d'ailleurs que depuis la renaissance, et uniquement en occident, que l'on cultive le mythe de l'originalité a tout prix.

En Orient, encore aujourd'hui, et dans l'antiquité et au moyen âge, on cherchait tout au contraire s'imprégner de la perfection des anciens et à les imiter sans relâche pour se rapprocher de cette même perfection.

Racine ne procède pas autrement quand il relit Tacite pour écrire Britannicus, ni Cézanne quand il passait au Louvre des mois entiers à copier les maîtres anciens.

On ne bâtit pas sur rien, on ne part pas d'une table rase.

Portraits crachés

A la fin des fins, on raconte toujours les mêmes histoires. Il n'y a pas tant de personnages dont la vie vaut la peine d'être contée.

A quelques variations mineures près, c'est toujours la même trame : enfance, émois, souffrances, éclosion, revers, succès, revers, sagesse ou amertume, déclin, mort.

 il n'y a que 26 lettres dans l'alphabet et 5000 mots dans la langue française utilisée par les plus fins lettrés.

 Mais avec 450, on peut aller tout en haut. Voyez Nicolas Sarkozy ou Donald Trump.

-Et l'on s'étonne que parfois les mots et plus encore les idées et leur séquence soient les mêmes. Comment pourrait-il en être autrement ?

En chinois, avec 500 idéogrammes courants et sans grammaire, cela doit être encore pire.

Sans parler des innombrables contrepèteries générées par les six tons du mandarin ou les huit du cantonais.

La différence entre hommage, inspiration et soi-disant plagiat n'est qu'une question de degrés.

Croyez-vous que les milliers de biographes du Christ ou les centaines de biographes de Napoléon ne se sont pas entre-recopiés les uns les autres ?

Pour Napoléon ils pouvaient encore lire les correspondances, les mémoires et les journaux de l'époque, voire trouver du matériel inédit, mais bien peu on fait cet effort, et on ne les a pas accablé, pourtant.

Pour le Christ, c'est pire encore, ils n'avaient rien d'autre que les évangiles, écrits au moins cinquante ans après et qui se contredisent parfois, même pas une mention chez les chroniqueurs romains contemporains.

Et qui pourtant a jamais songé à accuser Renan d'avoir plagié les évangiles ?

Les mauvaise langues se gaussent aujourd'hui de Patrick selles d'Armor.

 Et certains poussent l'hypocrisie jusqu'à le blanchir en essayant de rejeter la faute sur des "documentalistes" paresseux, une thèse faussement secourable.

Portraits crachés

D'autres vont jusqu'à lui rappeler les propos du Comte Dufouay de La Chelague, planteur de sucre établi en l'île de France (aujourd'hui Haïti), auteur en 1790 des célèbres "Mémoires d'un planteur de l'île de France à l'usage des samaritains naïfs des salons et de l'Assemblée sur les difficultés de l'industrie des moulins à sucre, l'impéritie et la faiblesse coupable du gouvernement de la colonie et la paresse et la malignité des nègres".

PSDA cite lui-même ces mémoires dans la bibliographie d'un des ouvrages qu'il a consacré aux Antilles, à leur histoire et à leur folklore.

Le comte, qui a vu ses jours abrégés par la révolte de Toussaint Louverture, y déclarait notamment

" Les nègres sont une terrible engeance. Sachant que vous dépendez irrémédiablement d'eux pour votre production, ils se vengent de la maigre pitance que vous leur accordez (mais vous ne pouvez de toute façon leur donner plus sans menacer votre propre bien être et d'ailleurs ils ne le mériteraient pas) en paressant autant que possible, en ignorant vos menaces, en cumulant les retards et le travail mal fait, en déjouant votre surveillance et en singeant à tout va leurs maîtres dès que ceux-ci ont le dos tourné.

L'église nous enjoint de laisser faire cela sous prétexte qu'elle leur a octroyé une âme -quelle folie !- et parce qu'après le carême, il faut bien un carnaval.

Mais, avec eux, c'est carnaval tous les jours, c'est le sucre que l'on casse sur mon dos. Aussi, à mon tour, je leur impose carême tous les jours".

D'autres, plus acides encore, lui ont envoyé par email interposé le lien vers un de ces logiciels libres utilisés par les enseignants pour s'assurer que les travaux qu'on leur rend n'ont pas été copiés-collés directement à partir d'internet.

Quoiqu'il en soit, examinons les faits. Objectivement et froidement.

L'ouvrage distribué à la presse et aux media et qui fait l'objet d'allégations de plagiat et de citations *verbatim* d'un autre auteur, avait un prix, un code-barres et portait une dédicace de l'auteur.

L'éditeur a corrigé, en disant qu'il s'agissait d'une version provisoire et de « notes de lectures ».

On reproche à l'auteur de ne pas avoir relu cette version.

Mais quoi de plus normal !

Après avoir passé tant de nuits et de jours sur le sujet, l'auteur souffrait de "dumasphobie" aigue, de saturation absolue.

Portraits crachés

On comprend qu'il n'ait pas voulu le relire encore et encore, tel un nageur médaillé qui hésite, le lendemain du triomphe, à recommencer à faire des longueurs.

On a glosé sur le fait que le texte imprimé provenait du serveur collectif de l'éditeur, ce qui peut paraître étrange pour des notes personnelles de lecture.

Mais cela n'a rien d'étonnant: le PC ou le Mac de l'auteur avait certainement une capacité insuffisante pour faire tourner les logiciels de travail collaboratif et de partage qui permettent aujourd'hui d'échanger de la documentation avec des collaborateurs et des opinions et des idées avec des amis et des parents.

«S'il s'était agi de notes personnelles» disent encore les Savonarole et les Torquemada du jour, «elles auraient dû être pleine de codes, d'abréviations, de renvois, de notes de bas de page et non se présenter sous la forme linéaire d' un récit entièrement constitué.»

Là encore, c'est mal connaître les outils modernes.

Ces codes et ces renvois existaient bien dans le texte de travail, mais ils ont été gommés lors de la photocomposition de l'ouvrage par le passage d'un logiciel de traitement de texte courant à un logiciel de publication professionnelle beaucoup plus sophistiqué et non entièrement compatible, de la même façon qu'un texte s'appauvrit en passant de l'univers Mac à l'univers PC et vice versa, ou que le bouton "accepter les changements " fait disparaître les annotations faites sur un texte.

Techniquement, l'explication de ces problèmes est très simple : des systèmes informatiques différents ne reconnaissent pas les codes employés par les autres pour le gras, le souligné, le surligné, le barré, les retraits de paragraphes, l'interlignage que sais-je encore.

Ils n'échangent entre eux que des caractères simplifiés ne sauvegardant que l'alphabet et la ponctuation de base, ce qu'on appelle les caractères ASCII.

En d'autres termes le texte de PSDA a ete ASCIIisé.

Contrairement à sa quasi-homonyme, l'ASCIIision n'a rien d'illégal.

Et s'il y a un responsable à ce malencontreux malentendu, c'est Bill Gates ou Steve Jobs.

Oserez- vous les accuser de plagiat l'un ou l'autre ?

Tous ceux qui s'y sont risqués l'ont regretté amèrement.

Et chèrement.

Portraits crachés

C'est un pur hasard si, à l'issue de ce processus informatique, le texte apparaît parfaitement cohérent et linéaire.

Ou plutôt cela ne doit rien au hasard, mais tout à la remarquable clarté avec laquelle Patrick Selles d'Arvor prend ses notes.

On sent là le vrai professionnel, le journaliste de haut vol, l'anchorman d'une chaîne qui a toujours fait passer l'éthique avant les considérations commerciales, qui a développé une information impartiale et dépourvue de sensationnalisme, bref une télévision populaire de qualité, sur le modèle de la BBC.

Nous imaginons bien que cette explication informatique ne convaincra pas les plus sceptiques ou les plus mal intentionnés.

Mais nous en avons la preuve formelle.

Au terme d'une enquête d'investigation sans concession, par stagiaire interposée, cette providence du secteur de l'édition, nous avons pu retrouver le texte initial de Patrick Selles d'Arvor avec les codes, les abréviations et les renvois d'origine, avant qu'ils ne soient "avalés" par le logiciel de photocomposition.

Le résultat de la comparaison, page contre page, ligne contre ligne, mot contre mot est formel.

Il n'y a pas un mot de commun entre les deux textes sinon les articles et les conjonctions de subordination et de coordination.

Si c'est cela un plagiat, alors le mode d'emploi d'une télévision HD est un pastiche de la bible.

Un dernier mot enfin, certains prétendent que même cela n'est pas convaincant puisqu'il existe des dictionnaires de synonymes en ligne.

Mais c'est là encore mal connaître les outils informatiques modernes.

Ces dictionnaires ne fonctionnent pas comme Google Translate.

On ne peut pas y coller un paragraphe entier à «synonymiser».

Il faut le faire mot par mot ,

Et ça c'est trop de travail.

Même pour un stagiaire

CQFD.

Robert Louis Ponge / Bob L. Ponge

Dernier ouvrage publié : "Le parti pris des êtres"

Robert-Louis Ponge est, comme Marcel Duchamp, un artiste franco-américain.

D'où d'ailleurs sa préférence pour la graphie américaine de son nom, "Bob" L. Ponge.

Il est surtout connu des lycéens pour son poème « Tampongex/a porcupine's dream » qui est un des ponts aux ânes de l'épreuve du bac d'anglais, avec le sonnet 116 de Shakespeare.("…If this be error and upon me prov'd/I never writ, nor no man ever lov'd./…Si c'est une erreur ,contre moi démontrée/ Nul n'a jamais aimé et je n'ai rien écrit")

 C'est d'ailleurs un peu la même thématique, sauf que, là, c'est un hérisson qui se trompe et qu'il gratte au lieu d'écrire…

Mais au-delà de ce poème piquant, il faut lire son principal recueil qui est aussi son chef d'œuvre : "Le parti pris des êtres"

Avec "Bob" L. Ponge le parti pris des êtres confine avec le parti pris du néant : tous ses personnages sont réifiés, au mieux végétalisés ou animalisés.

On a pu parler de "behaviorist poetry" tant sa prose objectivée et purement analytique se prête à une traduction anglaise quasi clinique, celle d'un article médical dans »The lancet ».

 Il utilise indifféremment sa loupe et son scalpel, dans les deux langues, et ses recueils sont bilingues.

Son inspiration, par contre, balance entre les deux rives de l'Atlantique.

Française et même franchouillardissime dans le premier poème de notre sélection « L'académicien ».

Puis poète des grandes foules et des grandes solitudes américaines dans sa description de "l'homme de bureau" notre second extrait. On est là dans les open spaces gigantesques de mille cols blancs de l'assurance de "la garçonnière" de Billy Wilder en noir et blanc ou dans les scènes urbaines de Hopper.

Mais son inspiration confine aussi, par sa froideur marmoréenne, à l'universel et à l'intemporel du classicisme.

Portraits crachés

Car le regard du poète est entomologique.

On se croirait chez Jacques Henri Fabre ou Ernst Jünger observant des insectes, cloportes, cafards ou bousiers, peu importe, ou chez le Grégoire Samsa de Kafka observant, médusé, sa propre carapace.

Le regard du poète est aussi perpendiculaire à l'être observé, formant avec lui un angle parfait, à 90 degrés.

On peut dire que la singularité de L. Ponge c'est son angularité.

Pourtant dans son œuvre l'observé est indifférent à l'observateur ou, s'il ne l'est pas, il s'en moque.

Qu'importe à la mouche d'être ainsi angulée ?

Elle ne voie pas les choses comme cela : ses yeux à facettes démultiplient à l'infini l'anguleur et l'éparpille dans l'espace, façon puzzle, le renvoyant à son propre néant.

Comme aurait pu dire Mallarmé

"Jamais un coup de tapette n'abolira le cafard".

L'académicien, notre premier poème, est dédié à Georges Bernanos qui avait dit :

"quand je n'aurais plus que mes fesses pour penser, j'irai les asseoir à l'académie ".

Un jugement bien sévère, pour une institution qui a abrité les derniers feux d'esprits aussi déliés que Paul Deschanel, aussi ouverts que Maurice Barrès, Abel Bonnard, Philippe Pétain, et aussi graves et profonds que Robert de Flers, Victorien Sardou et jean d'Ormesson.

1. L'ACADÉMICIEN

« L'académicien est un être -presque une -qualité-. Il n'a pas besoin de charpente mais seulement d'un rempart, quelque chose comme la couleur dans le tube.

La nature renonce ici à la présentation du plasma en forme.

Elle montre seulement qu'elle y tient en l'abri-tant soigneusement, dans un écrin dont la face intérieure est la plus belle.

Ce n'est donc pas un simple crachat, mais une réalité des plus précieuses.

Portraits crachés

L'académicien est doué d'une énergie puissante à se renfermer.

Ce n'est à vrai dire qu'un muscle, un gond, un blount et sa porte.

Le blount ayant sécrété la porte.

Deux portes légère-ment concaves constituent sa demeure entière.

Première et dernière demeure.

Il y loge jusqu'après sa mort.

Rien à faire pour l'en tirer vivant.

La moindre cellule du corps de l'homme tient ainsi, et avec cette force, à la parole, -et réciproquement.

Mais parfois un autre être vient violer ce tombeau, lorsqu'il est bien fait, et s'y fixer à la place du constructeur défunt.

C'est le cas du successeur. »

PS On dit qu'ayant montré l'ébauche de ce poème à Albert Cohen, ce dernier aurait suggéré à bob L. Ponge de remplacer le mot "académicien" par celui de "fonctionnaire international", C'est naturellement une légende: Bob L. Ponge elle n'a jamais eu l'occasion de se rendre à Genève et donc d'y rencontrer Cohen: si la poésie rendait riche au point de frauder le fisc, cela se saurait.

.

2. HOMMES DE BUREAU

« Les hommes de bureau aiment le papier humide. Ils avancent collés à lui de tout leur corps. Ils en emportent, ils en mangent, ils en excrémentent. Il les traverse. Ils le traversent. C'est une interpénétration du meilleur goût parce que pour ainsi dire ton sur ton -avec un élément passif, un élément actif, le passif baignant à la fois et nourrissant l'actif -qui se déplace en même temps qu'il mange.

(Il y a autre chose à dire des hommes de bureau. D'abord leur propre humilité. Leur sang-froid. Leur inflexibilité.)

A remarquer d'ailleurs que l'on ne conçoit pas un homme de bureau sorti de sa coquille et ne se mouvant pas.

Dès qu'il repose, il rentre aussitôt au fond de lui-même.

Portraits crachés

Au contraire sa pudeur l'oblige à se mouvoir dès qu'il montre Dès qu'il s'expose, il marche.

Pendant les époques d'affluence ils se retirent derrière les guichets où il semble d'ailleurs que la présence de leur corps contribue à maintenir l'intimité. Sans doute y voisinent-ils avec d'autres sortes de bêtes à sang froid. Mais lorsqu'ils en sortent ce n'est pas du même pas. Ils ont plus de mérite à s'y rendre car beaucoup plus de peine à en sortir.

A noter d'ailleurs que s'ils aiment le papier humide, ils n'affectionnent pas les endroits où il disparait au profit des disques durs.

Que sont-ils au fond des archives ? Des êtres qui les affectionnent pour certaines de leurs qualités, mais qui ont l'intention d'en sortir. Ils en sont un élément constitutif mais vagabond. Et d'ailleurs là aussi bien qu'au plein jour des allées fermes leur statut préserve leur quant-à-soi.

Certainement c'est parfois une gêne d'emporter par-tout avec soi ce statut mais ils ne s'en plaignent pas et finalement ils en sont bien contents. Il est précieux, où que l'on se trouve, de pouvoir rentrer chez soi et défier les importuns. Cela valait bien la peine.

Ils bavent d'orgueil de cette faculté, de cette commodité. Comment se peut-il que je sois un être si sensible et si vulnérable, et à la fois si à l'abri des assauts des importuns, si possédant son bonheur et sa tranquillité. D'où ce merveilleux port de tête.

A la fois si collé au sol, si touchant et si lent, si progressif et si capable de me décoller du sol pour rentrer en moi-même et alors après moi le déluge, un coup de pied peut me faire rouler n'importe où. Je suis bien sûr de me rétablir sur pied et de recoller au sol où le sort m'aura relégué et d'y trouver ma pâture : le papier, le plus commun des aliments.

Quel bonheur, quelle joie donc d'être un homme de bureau. Mais cette bave d'orgueil ils en imposent la marque à tout ce qu'ils touchent. Un sillage argenté les suit. Et peut-être les signale aux yeux de l'opinion qui en est jalouse. Voilà le hic, la question, être ou ne pas être (des vaniteux), le danger.

Seul, évidemment l'homme de bureau est bien seul. Il n'a pas beaucoup d'amis. Mais il n'en a pas besoin pour son bonheur. Il colle si bien à la nature, il en jouit si par-faitement de si près, il est l'ami du papier qu'il baise de tout son corps, et du ciel vers quoi il lève si fièrement la tête, noblesse, lenteur, sagesse, orgueil, vanité, fierté.

Et ne disons pas qu'il ressemble en ceci au pourceau. Non il n'a pas ces petits pieds mesquins, ce trottinement inquiet. Cette nécessité, cette honte de fuir tout d'une pièce. Plus de résistance, et plus de stoïcisme. Plus de méthode, plus de fierté et sans doute moins de goinfrerie, -moins de caprice; laissant cette nourriture pour se jeter sur une autre, moins d'affolement et de précipitation dans la goinfrerie, moins de peur de laisser perdre quelque chose.

Rien n'est beau comme cette façon d'avancer si lente et si sûre et si discrète, au prix de quels efforts ce glissement parfait dont ils honorent la terre. Tout comme un long navire, au sillage argenté. Cette façon de procéder est majestueuse, surtout si l'on tient compte encore une fois de cette vulnérabilité.

La colère des hommes de bureau est-elle perceptible ? Y en a-t-il des exemple s? Comme elle est sans aucun geste, sans doute se manifeste-t-elle seulement par une sécrétion de bave plus floculente et plus rapide. Cette bave d'orgueil. L'on voit ici que l'expression de leur colère est la même que celle de leur orgueil. Ainsi se rassurent-ils et en imposent-ils au monde d'une façon plus riche, argentée.

L'expression de leur colère, comme de leur orgueil, devient brillante en séchant.

Ainsi en est-il de tous ceux qui s'expriment d'une façon entièrement subjective sans repentir, et par traces seulement, sans souci de construire et de former leur expression comme une demeure solide, à plusieurs dimensions. Plus durable qu'eux-mêmes.

Mais sans doute eux, n'éprouvent-ils pas ce besoin. Ce sont plutôt des héros, c'est-à-dire des êtres dont l'existence même est œuvre d'art, - que des artistes, c'est-à-dire des fabricants d'œuvres d'art.

Mais c'est ici que je touche à l'un des points principaux de leur leçon, qui d'ailleurs ne leur est pas particulière mais qu'ils possèdent en commun avec tous les êtres à cuirasses : cette cuirasse, partie de leur être, est en même temps œuvre d'art, monument. Elle, demeure plus longtemps qu'eux.

Et voilà l'exemple qu'ils nous donnent. Saints, ils font œuvre d'art de leur vie, - œuvre d'art de leur perfectionnement. Leur sécrétion même se produit de telle manière qu'elle se met en forme. Rien d'extérieur à eux, à leur nécessité, à leur besoin n'est leur œuvre. Rien de disproportionné - d'autre part --- à leur être physique. Rien qui ne lui soit nécessaire, obligatoire.

R

Comme

Roland (Thierry) et Larquet (Jean-Michel)

Thierry Groland et Jean Michel Parquet

Dernier ouvrage publié (posthume) : "Bling-bling badaboum, la France et la coupe du monde 2010 : chronique d'un désastre »

Il n'est évidemment pas besoin de présenter Thierry Groland et Jean Michel Parquet.

Ce duo a pendant plus de vingt ans incarne le sport favori des français, sur la chaîne de télévision populaire de qualité favorite des français, entre deux tunnels de pub.

Leur dernière œuvre commune est une analyse fouillée de la désastreuse campagne de l'équipe de France en Afrique du sud.

 C'est un ouvrage à deux voix plutôt qu'à quatre mains, car les auteurs ont souhaité garder la forme du dialogue quasi-socratique qui a fait leur célébrité.

Et de fait c'est à une véritable maïeutique du ballon rond, et de l'imaginaire qu'il véhicule, que se livrent nos deux compères tour à tour profonds, cinglants, amusés, désespérés, quelque part entre Platon (pour la forme) et Chamfort, blondin et Cioran (pour le fond).

 Les deux philosophes du ballon rond (et le mot n'est pas usurpé : les cages de but ne sont-elles pas la version moderne du portique des stoïciens et le stade une nouvelle agora ?) nous sont hélas quitté mais leur oeuvre dernière demeure, dix ans après et probablement à jamais.

En effet loin d'être un ouvrage de circonstance, publié à la hâte et bientôt disparu des bacs, "bling,bling badaboum.." est un ouvrage majeur, au niveau de ceux de Michel Houelleboucq et de Virginie Desglandes.

Et c'est peut-être le seul livre amené à durer : Comme on évoque "Le guépard" pour l'Italie du Risorgimento, "Guerre et paix" pour la tourmente napoléonienne et "Sur la route" pour les années hippies, "Bling bling badaboum" pourrait bien être le livre des années Sarkozy.

 Il y a là, en effet, en creux, et au-delà du prétexte sportif, une analyse décapante de la société française du début du millénaire.

 De ses vices et de ses tares, de son culte de l'argent vite acquis, totalement immérité et partiellement défiscalisé, couplé à une inculture et à une vulgarité crânement assumée.

Portraits crachés

On croirait lire du Magnus Eszenberger critiquant l'Allemagne reconstruite et ses charters de panthères grises en short, chaussettes et Scholl, en partance pour la Thaïlande.

Ou du Tacite des Annales reprochant aux romains leurs moeurs décadentes et louant la simplicité de la vie saine des germains.

Ou encore du Montesquieu ou du Gibbon dissertant sur les causes de l'écroulement d'un empire hier encore glorieux.

D'ailleurs leurs inter-titres, dus probablement à un éditeur transfuge des Belles Lettres ou des Editions Budé, sonnent comme ceux des traités de morale de Cicéron, Sénèque ou Saint Augustin.

Bref un grand livre.

Un des dix que l'on emporterait sur une ile déserte pour méditer.

Un livre à se procurer absolument.

A quand la Pléiade ?

Peut-être quand TF1-editions ou France Telecom auront racheté Gallimard.

Ils ont bien failli racheter Le Monde ...

T

Comme

Toynbee (Sir Arnold J.)

Portraits crachés

Sir Arnold J. Torchbee

Dernier ouvrage publié (posthume) :L'ivresse des nations (Traduit et présenté par Jean Louis Bordoo (grâce à une bourse de la fondation Amy Winehouse)

Sir Arnold Torchbee est surtout connu pour être le dernier homme qui a eu le courage, ou le front, d'entreprendre une histoire universelle de l'humanité, après Polybe, Si Ma Qian, Eusèbe de Césarée, Grégoire de Tours, Bède le vénérable, Isidore de Séville, Ibn Khaldun, Bossuet, Kant, Turgot et, plus près de nous, Jacques Pirenne.

La sienne est parue en vingt tomes, étalés sur 35 ans à Oxford University Press et s'efforce, au- delà de la simple compilation des faits de trouver un moteur à l'histoire, une cause première.

Chez Bossuet cette cause première était la divine providence.

Chez Grégoire de Tours, rien du tout ,car c'était un esprit aussi confus que les temps qu'il chroniquait.

Chez Torchbee c'est le défi posé par les conditions environnementales, le "défi torchbien", que certains groupes humains surmontent et d'autres pas.

 Conquête des marécages du Nil infestés de bêtes sauvages par les égyptiens de la proto-histoire, de ceux du delta du Tigre et de l'Euphrate par les sumériens, de l'étendue boueuse des loess de la vallée de la Wei en chine, des rios tropicaux d'Amérique Centrale par les mayas.

Mais échec au moins jusqu'au moyen-âge, des groupes humains le long du Zambèze, du Congo, du Niger, de l'Amazone, du Rio de la Plata.

Et échec final aussi des mayas sur leurs hauts plateaux, finalement asséchés.

Torchbee hait le sec. Chez lui l'eau est partout. Mais elle est trouble.

Pour lui, la civilisation nait toujours des bas-fonds, des zones marécageuses, de la boue, du limon, du pourrissement, du moite, des miasmes, du putride, du cloaque, de l'excrémentiel dérivant mollement dans l'eau stagnante.

Portraits crachés

D'aucuns exégètes, psychanalysants, y ont vu une nostalgie masochiste des vestiaires de gym ("cloack room") des écoles privées anglaises et de leurs épreuves initiatiques de bizutage.

D'autres exégètes encore, à la tête plus philosophique ont pu dire que son eschatologie était aussi une ex-scatologie.

Voilà pour l'historiographie officielle, celle que retiennent les manuels. Plus personne ne lit Torchbee.

Plus personne ne lit d'histoire de toute façon.

Et pour les quelques égarés qui en lisent encore, la mode est à la monographie, tout sur une tête d'épingle, plus aux grandes fresques.

C'est pourquoi on ignore généralement qu'à la toute fin de sa carrière Torchbee a renié l'oeuvre de sa vie et entame une révision complète de ses théories.

Son tout dernier livre ne figure pas dans les oeuvres complètes publiées par l'université d'Oxford, à la demande ses exécuteurs testamentaires qui y ont vu le fruit d'un accès de démence sénile.

Torchbee, après avoir très longtemps enseigné à Oxford a terminé sa vie en France, à Chateauneuf du Pape précisément-

C'est là qu'il a écrit son dernier livre, son testament intellectuel : «l'ivresse de nations« .

Il avait dû en effet s'éloigner d'Oxford après un incident malencontreux.

il avait dansé nu sur la table professorale du dining hall de son collège lors d'un dîner de gala en l'honneur d'un membre de la famille royale, ancien élève très passager du collège (il n'aurait jamais pu passer les tests de sélection normaux ni l'obstacle d'un écrit anonyme).

Torchbee s'était livré à ce ballet sous la double influence d'un "tabac" à pipe ramené d'Afghanistan par un jeune collègue facétieux et de deux verres de whisky de 38 ans d'âge dont le college avait solennellement ouvert une barrique pour l'occasion, lui qui d'ordinaire ne buvait que du lait, écrémé qui plus est.

Il faut croire cependant que cette transe lui a, en quelque sorte, ouvert les yeux.

Il qualifiait lui-même ce livre de séminal, un terme que les anglais ne laisse pas gicler à la légère.

Il contient en effet en germe une toute autre explication de l'histoire.

Portraits crachés

Torchbee avait l'intention de réviser son histoire universelle en vingt tomes à la lumière de sa nouvelle théorie : l'alcool comme cause première et unique de l'histoire.

Le destin ne lui en pas laisse le temps puisque deux ans seulement après sa retraite forcée en France il a été admis au service des urgences hépatiques de l'hôpital d'Avignon (service du professeur Mufflay).

Il y est mort, dit-on, avec un sourire extatique, en contemplant son goutte à goutte.

V

Comme

Valéry (Paul)

Paul Bolary (1870-1945)

Dernier ouvrage publié : «Monsieur Grosseteste»

C'est un pur hasard si l'année sa naissance est celle d'une défaite et celle de sa mort une victoire, même si c'est une » victoire » entre guillemets.

Providence des étudiants de Science Po en mal d'une citation de culture générale, Paul Bolary a marqué son siècle.

Tour à tour porteur de dépêches à l'agence Havas, moraliste impertinent, précurseur des mythologies de Barthes (« regards sous la mode actuelle »1925) observateur lucide et parfois amer des mœurs politiques de son temps (« Tel que » I à XIV) sa réflexion revêt un tour véritablement symphonique, embrassant dans sa démarche le monde dans toute sa diversité (« Salmigondis I à XXV).

 Dans «Monsieur Grosseteste « un auto-portrait inavoué, paul Bolary définit très bien sa méthode :

« Ne voulant lire rien d'autre que ce qui sortait de ma propre plume, pour ne pas être influencé, je m'attaquais aux sujets les plus divers sans documentation préalable, sans idée préconçue ,par la seule puissance de mon intellect.

Que de fois n'ai-je usé les bras robustes de mes circonvolutions cérébrales pour étreindre la serpillère des faits, pour la tordre et la retordre encore, si durement que la trame en éclatait pour se retrouver à sa juste place, dans l'infini désordre du monde.

Ma plume alors n'était plus que la balayette par laquelle je les ramassais dans l'état informe où je les avais laissés, chaque lecteur n'ayant plus qu'à y choisir ce qui lui convenait pour en faire son miel et sa cire et s'en patiner l'alvéole ».

 Si la simplicité du style, la justesse des métaphores et la modestie de cette ambition n'ont pas fait école, il n'en est pas allé de même pour la démarche .

Les intellectuels français ont su retenir sa leçon.

 Foin de la neutralité de l'observateur, à la Claude Bernard. D'ailleurs la mécanique quantique, dont Bolary aurait pu entendre parler s'il avait lu ses dépêches, a démontré la vanité de cette prétention.

Pour écrire, surtout sur des sujets complexes, il ne faut surtout pas lire, tout ayant déjà été dit, ailleurs, mais moins bien.

Portraits crachés

Et avec de plus faibles tirages.

 l'auteur doit donc être un nouveau démiurge.

Seul, hier.

Ou avec ses étudiants de thèse ou ses stagiaires aujourd'hui.

Mais c'est sa pensée politique que l'histoire a surtout retenu et ce dès son vivant puisque ses contemporains l'ont couvert d'honneur :

- président du « le » Pen club comme il le disait lui même « en refusant l'article indéfini alors que mon ego est distinct de tous les autres » ,

- président d'honneur des pompes funèbres générales, émues par son « cimetière suburbain » (« le seul endroit où je puisse me livrer à la seule activité qui vaille : m'entendre penser»)

-et dans le même ordre d'esprit membre de l'académie française, au siège boudé par Bernanos qui disait « quand je n'aurais plus que mes fesses pour penser, j'irai les asseoir à l'académie française ».

Mais aujourd 'hui Paul Bolary n'est plus connu hélas que pour sa méditation sur la mort des civilisations.

Poursuivant une réflexion sur la guerre fratricide entamée par une brillante série d'articles (« pourquoi la victoire est proche »,le Courrier du Vermandois, septembre 1914, »Pourquoi l'Allemagne paiera «, .lettre des pompes funèbres, mai 1919, »Pourquoi l'Allemagne n'a pas payé », Le Temps , Octobre 1926), Bolary s'interroge brillamment sur le destin de l'Europe, pour conclure qu'elle ne se fera jamais.

« Sade, Masoch, le shrapnel, le dirigeable, la guillotine, le gigot à la menthe, tout ce qui fait que l'on peut parler de Civilisation, au sens majusculaire du terme, vient de l'Europe.

Les autres parties du monde ont eu des civilisations admirables, des poètes élégiaques de premier ordre, des constructeurs de pyramide, même des savants.

Mais qu'est-ce qu'une noria face à l'élégance d'une parisienne, un idéogramme face à une chope ?

Non aucune partie du monde ne possédait cette singulière propriété physique : le plus intense pouvoir éjaculatoire, uni au plus intense pouvoir spongieux.

 Tout est venu à l'Europe : Attila, les vandales, Abderrahmane… et tout en est venu ou presque tout.

Or l'heure actuelle comporte cette question qui l'ébranle jusque dans ses fondements les plus intimes : l'Europe va-t-elle garder sa proéminence, inscrite dans la géographie, juchée fièrement sur une Afrique tout en courbes molles, érigée insolemment au bout d'une Asie massive, défiant une Amérique qu'elle seule a conquise et pénétrée ?

L'Europe deviendra-t-elle ce qu'elle est en réalité, c'est-à-dire se résignera t'elle à n'être que la queue frétillante du gros chien asiatique qui s'éveille ?

Ou bien l'Europe restera-t-elle ce qu'elle paraît être : la prunelle d'un monde aveugle, les jambes motrices et pédalantes du grand Vélocipède Universel, alors que, déjà, le traité de Versailles a mis l'Amérique en selle ?

La réponse est dans le traité de Versailles lui-même.

 Equilibré, juste et mûri, il nous donne la paix pour 200 ans au moins. Les 200 ans d'une décadence dorée et cependant hargneuse.

Il n'y aura pas de nouvel holocauste, mais il n'y aura pas non plus de nouvel élan. Le charbon Français et l'acier allemand jamais ne s'uniront.

Les frontières resteront comme des balafres cicatrisées, noires et saillantes, sur le corps d'une Europe meurtrie par ses propres abus solitaires…

Quelle désolante ironie : L'immense tuerie de la grande guerre s'achève comme un vaudeville. Pis encore, comme un spectacle de comique troupier. Celui qui y met le point final, Clémenceau, est un amateur sénile de coussin péteur (" c'est moi qui pète, c'est Mandel qui pue") et de jeux de mots approximatifs ("Félix Faure a voulu être César, il a fini pompé") .

Oui, nous autres, civilisations de l'occident, savons désormais que nous sommes mortes …

de rire."

W

Comme

Wauquiez (laurent)

Laurent Wrucquiez :

Dernier ouvrage publié : «Dépiauter le mammouth, un programme pour demain»

C'est presque d'une nécrologie qu'il s'agit, tant sa carrière politique semble moribonde.

 Voire en coma dépassé.

Mais comme le poulet continue à courir après sa décapitation, Laurent Wrucquiez continue de s'agiter.

 Spasmes *post mortem* ou prémices d'une résurrection on ne sait qu'en pense.

, Quoique l'on sache quoi souhaiter.

Même aujourd'hui, en dépit de ses revers, Laurent Wrucquiez ne laisse personne indifférent.

A preuve, ses nombreux surnoms :

- « le comique en parka rouge usagée avec les cheveux teints en gris » pour ses détracteurs,

-« droite dure pour femme mûres » pour ses fans,

-« le mytho du Nil » par ses camarades de l'ENA (en souvenir d'une rencontre « fondatrice » avec sœur Dominique des chiffonniers du Caire qui n'a jamais eu lieu puisque cette dernière était morte et enterrée depuis deux ans lors de son stage ENA en Egypte),

-« le suceur de roue » par l'amicale cycliste du Front National,

 J'en passe et des bien meilleurs.

Il a, au moins, un mérite que tous lui reconnaissent : celui de ne pas avancer masqué (sauf quand il s'agit de prendre la place de quelqu'un).

Aujourd'hui au fond du trou, si l'on peut appeler un trou la région Rhône-Alpes (un trou dont il sera d'ailleurs bientôt délogé), il profite de ses loisirs lyonnais pour écrire le programme d'une très hypothétique reconquête du pouvoir

Portraits crachés

Fidèle à sa ligne, partisan de « l'enterrement des vieilles querelles entre gaullistes et pétainistes » par une émulation programmatique, voire à terme une alliance avec le front national, il nourrit également une vision radicale des questions de fonction publique en général et d'éducation en particulier.

Témoin son opuscule, « dépiauter le mammouth » transcription d'un cours donné par lui à sciences-Po Lyon et qui a fuité par téléphone portable interposé. Il rejoint, dans une convergence apparemment paradoxale, les opinions émises par l'ex-trotskiste Claude Alaigre qui ouvrent ce livre.

Laurent Wrucqiez y propose une politique destinée à faire d'une pierre, deux coups.

Il s'agit tout d'abord réduire le premier budget de l'Etat, celui de l'éducation nationale, ce tonneau des danaïdes qui entraîne depuis cinquante ans la France dans une spirale d'endettement et vers une faillite programmée.

En second lieu il s'agit de mettre fin aux frustrations sociales et psychologiques qu'ont créées, depuis cinquante là encore, l'accès de tous aux études générales et la massification des études supérieures.

A quoi on en effet étudier la « princesse de Clèves » ou les équations du second degré pour se retrouver ensuite, au mieux à scanner des articles à la caisse d'un supermarché ou à décharger un camion pour le même supermarché ?

A quoi bon étudier Jung en psycho ou Bourdieu en sociologie pour se retrouver à mballer des hamburgers dans un MacDo ?

A questions complexes réponses simples

. Alexandre le grand et Laurent Wrucquiez ont eu tous deux le révélation de leur destin en Egypte.

L'un au temple d'Amon à l'oasis de Siwa où les prêtres l'ont proclamé pharaon et fils d'Amon/ Zeus.

L'autre dans un décharge auprès de soeur Marie Dominique et de ses chiffonniers.

C'est, du moins, ce que dit la légende, dans les deux cas.

.Il est donc naturel que Laurent Wrucquiez veuille trancher le noeud gordien.

Et il le tranche le bougre:

- effectifs relevés à 36 par classe dans le primaire et le secondaire,

- suppression du régime de ZEP ,

-suppression de la formation pédagogique des professeurs et instituteurs- à quoi bon là encore-,

-affectation des remplaçants à des postes permanents,

-recrutement -éventuel-des remplaçants des Remplaçants à pôle emploi, sans formation et avec des contrats précaires,

-assouplissement de la carte scolaire,

etc, etc

On notera toutefois le caractère progressif des mesures prônées en dépit de leur radicalité, surtout si on les compare avec le texte écrit, lui, par un pur penseur en chambre, Jacques Hallali, qui du pouvoir n'a connu que les vestiaires (d'où son surnom de « dame pipi »)

 On reconnaitra dans la prudence de Laurent Wrucquiez celle d'un homme qui espère se retrouver un jour au pouvoir et craint d'être pris au mot.

Il est bien le seul.

Von Papen[9] y a cru lui aussi.

Mal lui en pris

---

[9] Au cas où : homme politique allemand monarchiste conservateur et instigateur de la nomination d'Adolf Hitler au poste de chancelier par le maréchal-président Hindenburg. Il disait finement de son poulain, *ex ante*, qu' »il ferait un très bon ministre des postes »

Portraits crachés

Z

~ 222 ~

Comme

Zemmour (Eric)
Zweig (Stefan)

Portraits crachés

Hasard de l'ordre alphabétique:

Éric Zemmour et Stefan Zweig.

Plus antithétiques, on ne fait pas.

Deux drames de l'hyper-intégration cependant.

Ou plutôt un vrai drame d'un côté et une sinistre bouffonnerie de l'autre.

Pour Zweig l'oeuvre parle d'elle-même.

Il faut tout lire, et en particulier «Souvenirs d'un européen», même si, parfois, son hyper-psychologisme biographique est lassant et si "Brésil Terre d'Avenir" relève parfois du comique involontaire.

Pour Eric Zemmour on ne peut parler d'œuvre.

Juste d'éructations et de régurgitations, faussement érudites.

Que Wikipedia suffit à dégonfler.

C'est dire.

Céline, sans le talent littéraire.

Maurice Sachs, sans l'audace.

Léon Daudet, la télé en plus.

Éric Zegour

Dernier ouvrage publié : «Rêves de comptoir» (d'après l'émission de télévision éponyme (avec Robert Bénard, et Élisabeth Sévy)

Dire n'importe quoi, à l'emporte-pièce, sur des sujets dont on ignore tout, est une vieille tradition française.

Elle s'exprimait jusqu'ici par deux canaux principaux : les discussions de café du commerce d'une part et les intellectuels parisiens d'autre part.

Nous assistons aujourd'hui à la fusion de ces deux canaux grâce à Éric Zegour, Robert Bénard Élisabeth Sévy et leurs émules.

Ces polémistes, qui s'avouent ouvertement réactionnaires, ont rencontré en effet un grand succès ces dernières années sur les chaînes télé d'information continue et à la radio, dont ils ont boosté les audiences.

Une grande chaîne télévisée privée populaire de qualité, fameuse également dans le monde des télécommunications et du BTP, s'est donc résignée à abandonner, momentanément, ses valeurs éditoriales de stricte neutralité politique et de traitement à froid et en profondeur d'une information hiérarchisée et contextualisée, pour mettre en place une nouvelle émission politique traitant de grands sujets de société et donnant la parole à ces polémistes.

Intitulé « Rêves de comptoir », par allusion aux nostalgies coloniales de ses principaux intervenants, l'émission repose sur un principe simple.

Dans un décor évoquant un bistrot des années 50-60, avec son comptoir en zinc et ses tabourets hauts perchés, Élisabeth Sévy, dite la « patronne» pour les besoins de l'émission reçoit Robert Bénard et Éric Zeggour, les "bons clients" et lance la discussion sur des sujets de société faisant la une de l'actualité du moment : laïcité, nucléaire, place de la France dans le monde et de l'armée en France, mariage gay, démographie, école, politique pénale etc.

Les dialogues ciselés de la première saison de lémission ont été compilés *quasi verbatim* dans le livre « Rêves de comptoir » et son édition a été confiée à une imprimerie amie des auteurs   mais dont, faute d'investisseurs et donc d'investissement, l'encre bave un peu.

Mais il y a un côté vintage à tout cela. C'est l'imprimeur de l'hebdomadaire dont la grand Pierre Desproges disait joliment que les articles valaient les oeuvres majeures de Sartre, puisqu'en les lisant, on avait, à la fois, la nausée et les mains sales.
"

Mais il y a un côté vintage à tout cela. C'est l'imprimeur de l'hebdomadaire dont la grand Pierre Desproges disait joliment que les articles valaient les oeuvres majeures de Sartre, puisqu'en les lisant, on avait, à la fois, la nausée et les mains sales.
"

Stefan Zgueig junior

Dernier ouvrage publié : "La confusion des genres"

Stefan Zgueig junior est, en fait, le fils de l'une des filles adoptives de Stefan zgueig.

Tout aussi pacifiste et conscient de la montée des périls que son grand père, il adopte un ton nettement plus agressif.

Ses écrits se situent dans la lignée des grands imprécateurs autrichien,s comme Thomas Bernhardt.

Il n'a de cesse de dénoncer le conformisme de la société autrichienne qui, dit-il, "de Hitler a Wolfgang Prilkopil et à Josef Fritzl (le serial killer et les deux serial kidnappers) secrète naturellement des monstres ou des personnages kitsch et sans substance".

Il fustige le voile posé sur le comportement du pays pendant la seconde guerre mondiale et l'absence de repentance collective.

Si le parti d'extrême droite d'Haider et de ses successeurs est bien une de ses cibles favorites, il est encore plus sévère avec les compromissions des conservateurs avec ce parti, encouragées par le Kronen Zeitung, une sorte de Figaro en plus trash, d'accouplement improbable entre Valeurs Actuelles, pour le fond et du Sun, pour la forme.

Il n'est guère plus tendre avec les dérives et les petits arrangements du système politique autrichien.

D'où ce "la confusion des genres" qui fait suite entre autres à "Alexandre, Attila et Napoléon, trois nains maîtres de leur destins", "La piété dangereuse ", "Le joueur et l'échec", "La France terre d'avenir?", "Sarok", "Carlie tue l'art" et "Vingt-quatre heures de la vie d'un gnôme".

Tous ces ouvrages ont été de grands succès de librairie en Autriche.

Les autrichiens adorent qu'on les insulte.

Ça leur prouve qu'ils existent encore, un siècle après l'effondrement de leur empire.

Et, mieux, encore qu'on s'intéresse toujours, à eux.

Enfin, au moins un peu.

Un peu comme si la France était réduite à la région parisienne et à un bout de Massif Central.

Il y a là de quoi générer des serial lockers.

De quoi vivre dans le déni.

Portraits crachés

De quoi aussi, élire un gominé de 30 ans, allié à l'extrême droite.

D'ailleurs, nous aussi, avons longtemps vécu dans le déni, dans le mythe d'une France unanimement résistante et victorieuse, démolissant au passage le Vél' d'Hiv' ce rappel gênant de notre responsabilité collective.

Quant à la coalition avec l'extrême-droite, elle est en chemin.

La seule question pendante est de savoir si ce sera avec la fille ou avec la nièce.

Laurent Wauquiez n'a plus qu'à remplacer sa parka par un loden.

Et à s'acheter un tube de gomina.

~ 231 ~

Portraits crachés